神様の居酒屋お伊勢
～〆はアオサの味噌汁で～

梨木れいあ

JN167100

STARTS
スターツ出版株式会社

古くから栄える、お伊勢《いせ》さんの門前町《もんぜんまち》。

『おはらい町《まち》』と呼ばれるそこの路地裏に、神様たちのたまり場がありました。

『伊勢神宮《いせじんぐう》』の参拝時間が終わり、町全体が寝静まった頃、

ひっそりと店の明かりが灯ります。

長らく続いた宴会もそろそろお開きとなるようで、

「宴もたけなわではございますが」と締めの言葉が聞こえてきました――。

目次

神様の居酒屋お伊勢

～〆はアオサの味噌汁で～

一杯目　風薫る五月のうの花ドーナツ

――ぱちり。

目を覚ますと、いつもと変わらない天井が視界に広がっていた。茶色く古ぼけた木目をゆっくりとたどりながら、枕元に置いていたスマホを手に取る。

「今日は気持ちよく起きられたなあ」

表示された時刻を確認して、寝転んだままグッと全身を伸ばす。「んあ～」と二十代女子らしからぬあくびをしてから、そのままの勢いで上体を起こした。

五月中旬の午後四時。世間でいうところのゴールデンウィークも終わり、新緑の香りを含んだ柔らかい風が、少し開いていた窓の隙間から網戸越しにサラサラと部屋の中へ流れ込んできていた。

暑すぎず、寒すぎず。重たい冬布団を片付け、寝間着も分厚いスウェットから薄手のコットン生地のものに替えてある。眠るに最適な、幸せな季節だ。

せっかくすっきり目覚めたことだし、このまま着替えようか。それとも、二度寝してしまおうか。

まだスイッチの入っていない頭でぼんやりと迷っていたときだった。

「莉子《りこ》、入るで」

「えっ」

控えめに部屋の襖《ふすま》を叩《たた》く音が聞こえたかと思えば、同居人である松之助《まつのすけ》さんがひょっこりと顔を出した。

「あれ、起きとったんや」

松之助さんが意外そうにまばたきをするのも無理はない。私、濱岡《はまおか》莉子が『居酒屋お伊勢』で働きだしてからというもの、店主である松之助さんに起こしてもらうことが多かったからだ。

フライパンとお玉を持っているところを見るに、今日も私を呼びに来てくれたようだ。

それはとてもありがたい。ありがたい、のだけれども……。

「お、おはようございます……」

「おはよ。っていっても、もう夕方やけどな。よう寝とったなあ――」

「ま、松之助さん、ストップ！」

呆《あき》れたように笑っている松之助さんの話を慌てて遮った。

「あの、とりあえず身支度したいので、出ていってもらってもいいですか……？」

寝癖で髪はボサボサだ。毎日見られているとはいえ、かなり恥ずかしい状態である。

しかも冷静に自分の部屋を見回してみると、雑誌や服で散らかり放題になっている。

今さらすぎる話だけれど、ここに長居されたくはない。

「この通り、今日はすっきり起きたし二度寝しないので！　ね！」

「あ、うん……？」

突然焦りだした私に不思議そうに首を傾げつつも、「じゃあ、下で待っとるでな」と言い残して松之助さんが部屋から出ていく。

タンタンと階段を下りていく松之助さんの足音を聞きながらホッと息を吐いて、若草色の作務衣《さむえ》に着替える。明日こそは本気で片付けようと心に決めながら、散らかっている畳の上に足の踏み場を探した。

このままでは幻滅されかねない。

「……もっとちゃんとしよ、いろいろと」

ローテーブルの上に置いていたヘアゴムを手に取り、小さく呟《つぶや》く。ゴールドでキラキラとしたモチーフのついたそれは、松之助さんからのプレゼントだ。

綺麗《きれい》な夜桜の下で受け取ったときのことを思い出すと、自然と顔がニヤける。あの日以降、このヘアゴムは毎日身につけている。

「よし」

宝物のヘアゴムで髪を後ろでひとつに束ねる。気合いを入れて部屋から出れば、一階から出汁《だし》のいい匂いが漂ってきていた。

「おはよう、ごま吉《きち》」

洗面所で顔を洗い、薄く化粧をしてから、いつものように紺色の長暖簾《ながのれん》を持って店の外へ出ると、「にゃいにゃい」と招き猫の付喪神《つくもがみ》が挨拶を返してくれる。三色の毛が白ゴマと黒ゴマと金ゴマのようだから、という理由で『ごま吉』と呼ばれているうちの看板猫は、大好物の煮干しを頬張っているところだった。きっとまた松之助さんにもらったのだろう。

「あんまり食べすぎると、デブ猫への道まっしぐらだからね」

「にゃにゃあ」

大丈夫だって、とでも言いたげな表情で鳴いてみせたごま吉は、近くで飛んでいた黄色いちょうちょを追いかけていく。

ごま吉のお腹はぽよんと出ていて、短い後ろ足でトテトテと走るたびに揺れる。お尻にもたっぷりお肉がついており、その後ろ姿はなんだかとてもコミカルだ。

「さてと」

ちょうちょを捕まえようと必死に前足を伸ばすごま吉を横目に、私は小さく呟いて赤提灯《あかちょうちん》に明かりを灯した。

伊勢神宮の参拝時間が終わる頃。そろそろ、内宮《ないくう》の門前町『おはらい町』の路地裏にあるこの店に、お客さんたちが集まってくることだろう。

「あ、莉子。今日も疲れたわあ、ビールちょうだい！」

「トヨさん」

日が暮れてきた空を眺めながら予想していれば、さっそく常連であるトヨさんがやってきた。

トヨさんこと『豊受大御神《とようけのおおみかみ》』は、伊勢神宮の外宮《げくう》に祀《まつ》られている衣食住の神様である。薄紫色の着物に身を包み、肌が白くて目鼻立ちのはっきりとした綺麗なお姉さんのような見た目をしているけれど、中身はただの呑兵衛《のんべえ》だ。

「ちょっと、まだ参拝時間終わってないんじゃないですか？」

「五分くらい多めに見てよぉ」

フライング気味のトヨさんに呆れつつも、まあいいか、と店の引き戸に手をかけたときだった。

——ビュウウウッ。

「わっ」

ひときわ強い風が吹き抜けた。ごま吉が追いかけていた黄色いちょうちょはびっくりしたように空高く飛んでいき、紺色の長暖簾がぶわりと翻《ひるがえ》る。私は反射的に目をつむった。

「トヨさん、ごま吉、大丈夫——」

「た、助けてくれえええ！」

大丈夫でしたか、と言いかけた私を遮ったのは、そんな大きな声だった。

驚いて視線を向ければ、見覚えのある神様がふよふよと浮きながら、わき目もふらずに真っ直ぐこちらへ向かってきていた。

「ねえ莉子、あれってもしかして」

隣にいたトヨさんもその正体に気がついたようで、私の腕を引っ張る。

「ちょっとあんた待ちな！」

直後、再びビュウッと吹いた強い風に目をつむれば、聞こえてきたのはまた別の大きな声。

「シナのおっちゃんと……おばちゃん？」

ぽつりと口にしたのは、常連客である風の神の名前だった。

シナのおっちゃんこと『級長津彦命《しなつひこのみこと》』は、ほぼ毎日ここの座敷で宴会をしているおっちゃんたちの中でもひときわ飲みっぷりのいい豪快なお客さんだ。お酒のシメに必ずデザートを頼む甘党で、特に黒みつプリンがお気に入りだという。

そのシナのおっちゃんが全速力でこちらに飛んでくるのを、これまた全速力で追いかけているのが、シナのおばちゃんこと『級長戸辺命《しなとべのみこと》』という神様である。

恰幅のいいおばちゃんはシナのおっちゃんの奥さんで、こちらは数回話したことがある程度。ただ、シナのおっちゃんからよく話は聞いているため、久しぶりという感じはありしない。

「かくまってくれえええ、莉子ちゃん！」

「莉子ちゃん、捕まえて！」

竜巻のような強風と共にやってきたシナのおっちゃんは、そのまま私の背後に回りおばちゃんから身を隠した。私を盾にしているみたいだ。しかし、そんなことで騙《だま》せるわけもなく、私は真正面から飛んできたおばちゃんに鬼の形相で迫られている。

「と、とりあえず、おっちゃんもおばちゃんも落ち着いて」

「……なんの騒ぎ？」

戸惑っていた私を救うように、ガラッと引き戸が開いた。店の中から顔を出した松之助さんは不思議そうに首を傾げる。

一部始終を見ていたはずのトヨさんは、他人事だと言わんばかりに「ちょうどよかった松之助、ビールお願い」と注文しながら店へ入っていき、シナの夫婦が吹かせた強風によってちょうちょに逃げられたごま吉は、少し恨めしそうに「にゃい」と小石を蹴っていた。

カウンターの上を、小さな丸が列をなして通っていく。シャボン玉みたいに透明で、周りが虹色がかっているそれらは古いホウキの付喪神で、『キュキュ丸』といううちの店の優秀なお掃除隊だ。

キュキュ丸たちがピカピカに磨いたカウンターに、お冷とおしぼりを出す。

「えっと、つまり……おっちゃんの食べすぎが原因で喧嘩《けんか》したってことですか？」

シナのおっちゃんとおばちゃん、口々に話す二柱《ふたはしら》の言い分をまとめて問いかけた私に、おばちゃんは「まったく困ったものよね」と呆れたように頷《うなず》いた。

おばちゃんの隣でめそめそと泣きべそをかくおっちゃんの背中を、ごま吉がどんまいとでも言いたげにポンポンと叩いている。

「あなたたち、年がら年中そのことで喧嘩してるじゃないの。飽きないわねぇ」

すでに一杯目のビールが半分ほど減っているトヨさんの言う通り、シナのおっちゃんの食べすぎで揉《も》めているのは日常茶飯事である。『またおばちゃんに怒られますよ』と苦笑しながらお酒やビールを出すのがデフォルトになっているくらいだ。

『まあ、それはそうなんだけどね。ほら、もうすぐ『風日祈祭《かざひのみさい》』があるでしょ」

「か、かざひの……？」

おばちゃんがため息交じりに発した言葉を聞き返せば、隣で唐揚げを揚げていた松之助さんが教えてくれる。

「風日祈祭、な。天候が荒れることなく、いい感じに雨が降って風が吹いて、五穀が豊かに実りますようにってお願いする祭りがあるんさ」

「へえ、いろんなお祭りがあるんですね」

感心して頷いた私に、松之助さんは説明を続ける。

「うん。その風日祈祭の主役が、風の神なんやけど」

「風の神……ってことは、もしかして」

ハッと気づいて顔を上げると、シナのおばちゃんと目が合った。私の予想を肯定するように力強く首を縦に振り、おばちゃんは口を開く。

「そう。私たちが主役のお祭りなのよ」

おばちゃんにバシッと背中を叩かれて、シナのおっちゃんは背筋を伸ばした。

「なのに、なんなのそのお腹は！　いい風吹かせられないでしょが！」

「だ、だってよお」

おっちゃんの眉は申し訳なさそうに下がる。

「だって、じゃないでしょが！」

「ま、まあまあ落ち着いて」

一度収まったはずの怒りがまた湧いてきた様子のおばちゃんを慌てて止める。

キュキュ丸たちはその剣幕にびっくりしたようで、店の隅っこで身を寄せ合っている。

「にゃにゃあ」

ごま吉がおっちゃんのたるんだお腹をポヨンと触りながら、やれやれと首を振る。まるで、『こりゃダメだ』とでも言いたげだ。

「……ごま吉もおっちゃんのこと指摘できやんお腹しとるけどな」

ごま吉にツッコミを入れたのは松之助さんだった。

「にゃ!?」

確かに、ごま吉のお腹もおっちゃんに負けないくらいポヨンと出ているし、お尻にもたっぷりお肉がついている。

「なんだい、ごま吉。仲間じゃねえか」

おっちゃんは味方を見つけて、嬉《うれ》しそうにごま吉のお腹をつついた。

「にゃ、にゃにゃあ」

シナのおっちゃんと一緒だということに納得がいかないのか、ごま吉はお腹を引っ込めてごまかしている。

「素直に認めたほうがいいと思うよ、ごま吉」

その必死な姿が可愛くて、ついニヤニヤといじった私に、「あら」とトヨさんが口を開いた。

「他人事みたいに言っているけれど、莉子も最近丸くなってきたんじゃない？」

「えっ？」

思ってもみなかった指摘に、素《す》っ頓狂《とんきょう》な声が出た。

完全に蚊帳《かや》の外のつもりでシナのおっちゃんとごま吉のやりとりを見ていたけれど、思い返してみればこの店で働きだしてからというもの、体重計に乗った覚えがない。

昼に寝て夜に働くという、規則正しいとはとても言えない生活なのに、体型について特に気にしたことはなかった。

松之助さんが作るまかないはおいしくて、いつも食べすぎてしまっている。だからといって特に運動しているわけでもない。もうすぐ二十五歳だし、基礎代謝も落ちる一方だ。

そこまで考えて、太る理由が揃《そろ》いすぎていることに気がついた。

嫌な汗が背中に流れるのを感じながら、恐る恐る自分のお腹に両手を乗せる。ぷよっとつまめたお肉の量に衝撃を受けて、固まった。

……やばい。

「莉子、どしたん？」

隣から聞こえた声に、ハッと我に返る。視線を向ければ、松之助さんのシュッと引き締まった顔があって、本日何度目かの危機感を覚えた。

このままでは本当に……幻滅されかねない！

「おっちゃん、ごま吉！」

私が声をかけると、お互いのお腹をぽよぽよと触り合っていた二柱が顔を上げた。

「なんだい、莉子ちゃん？」

「にゃにゃ？」

不思議そうに首を傾げたシナのおっちゃんとごま吉に、私は食い気味に提案した。

「『ダイエット部』を結成しましょう！」

「ダイエット部？」

一杯目のビールをもう飲み干してしまいそうなトヨさんが興味深そうに聞き返した。楽しそうな響きだと感じたのか、身を乗り出している。

シナのおっちゃんとごま吉はピンと来ていないらしく、ぽかんと口を開けていた。

「ひとりでダイエットをしようと思ってもつらいし、なかなか続かなそうだけど、一緒に取り組んだら頑張れそうじゃないですか？　期間と目標を決めて、みんなでやりましょうよ」

「それはいいわねえ！」

私の声かけに反応したのは、それまで呆れたようにため息をついていたシナのおばちゃんだった。おっちゃんが「ええ？」と目を丸くする。

「あんた絶対サボりそうだもの。莉子ちゃんと一緒なら楽しそうだし、いいんじゃない？　うん、それがいいわ。そうしなさいな」

自分で結論を出して頷きながら、おばちゃんはおっちゃんの背中をポンと叩く。

「お、おう……」

おっちゃんは戸惑ったように松之助さんを見つめた。あまりイメージが湧かないのか、助けを求めているようだ。

松之助さんはシナのおっちゃんとおばちゃんの顔を交互に確認してから、発案者である私の顔もチラリと見て「そやなあ」と口を開いた。

「ごま吉のお腹は気になっとったし、ひとまず風日祈祭までの一週間だけやってみたらいいんちゃう？　モチベーション上がらんのやったら、頑張ったご褒美でも用意したるで」

「にゃにゃ!?」

松之助さんの『ご褒美』という言葉にごま吉が嬉しそうに耳をピンと立てた。シナのおっちゃんも「まっちゃんがそう言うなら」と乗り気になったようだ。

よかった。これで仲間は確保できた。

自分ひとりで痩せられる気がしなかった私は、ホッと息をついた。

「ダイエットって聞いたことはあるけどよ、どんなことすりゃいいんだ？」

安堵《あんど》していたところに飛んできた、シナのおっちゃんからの素朴な疑問。口火を切ったものの、具体的になにをするかまでは私も考えていなかった。

「えっと、適度な運動とバランスのいい食事、それから規則正しい生活が大切って聞くんですけど……」

浅い知識で答えた私に、あまり納得のいっていない様子でおっちゃんは「ほーん」と呟く。そんな私たちのぼんやりしたやりとりを見かねたのか、苦笑いを浮かべながら松之助さんが助け舟を出してくれた。

「おっちゃんは甘いもんばっか食べとるでなあ。甘いもんを我慢して、野菜をしっかり食べるといいんちゃう？　揚げ物とお酒もやめたほうがいいやろなあ」

「そ、そんな大変なのかい、ダイエットってやつは……」

うなだれたシナのおっちゃんの隣で、ごま吉もげんなりした顔をしている。頑張れる気がしなかったのだろう。

松之助さんの言っていることはどれも的を射ていると思う。しかし、いきなり厳しく食事制限をするのは私も嫌だ。

だからといって、がっつり運動をするのもみんな向いていないのではないだろうか。

私も中学生のときは陸上部でかろうじて身体を動かしていたけれど、高校では週に一回活動するだけのダンス部だったし。大学時代は友人の葉月《はづき》に誘われてテニスサークルに入ったものの、飲み会にたまに顔を出していただけで、四年間テニスをすることなく卒業した。今さら激しい運動なんてできる気がしない。

ダイエットを続けるためにも、なるべくみんなが嫌にならない方法で緩くやりたい。

「あっ、そうだ」

ふとひらめいて声を上げた私に、シナのおっちゃんとごま吉が視線を向けた。

「ウォーキングとかどうですかね？」

走るとすぐ疲れるだろうけれど、歩くだけなら楽しく続けられそうだ。どれほどの効果が期待できるのかは分からないものの、動かないよりはいいだろう。

「なるほど、散歩か！　そのくらいなら俺にもできそうだなあ」

「にゃにゃ」

「散歩とはまたちょっと違う気もしますけど、……まあいっか」

おっちゃんもごま吉も納得したため、細かいことに口を出すのはやめておく。

「面白そうねえ。私もついていこうかしら」

二杯目のビールに口をつけながら、まったく痩せる必要のなさそうなトヨさんが目を輝かせた。ミーハーなトヨさんらしい反応だ。

その隣でシナのおばちゃんが「ちょっと松之助くん、歩くだけで痩せられるの？大丈夫なの？」と松之助さんに耳打ちしている。おっちゃんのやる気を削がないように気を使っているみたいだけれど、半信半疑のようだ。

松之助さんは「太りそうな食べ物は頼まれても出さんようにするわな」と、おばちゃんをなだめてくれていた。

「莉子、そうと決まればさっそく歩きに行くわよ」

「え、今からですか？」

ダイエット部の誰よりも意欲的なトヨさんが「善は急げって言うでしょ」と立ち上がる。

確かに、シナのおっちゃんもごま吉も乗り気なうちに第一回を開催しておかないとずるずる延びてしまいそうだ。

「そうですね。そしたら――」

「ちょっと待って。今から行くん？」

動き始めた私たちを止めたのは、意外にも松之助さんだった。

ついさっきおっちゃんの食事を管理すると申し出ていたくらい、ダイエットに賛同していたはずなのに。もしかして、勤務中なのに外へ出ようとした私を咎《とが》めているのだろうか。そうだとしたら申し訳ない。

「俺もついてく」

「え？」

しかし松之助さんは、謝ろうとした私の意表を突いてきた。

「松之助はダメよ。今からみんなが店に集まってくるでしょ」

眉間に皺《しわ》を寄せる松之助さんに、トヨさんがそう言ったのとほぼ同時にガラッと店の引き戸が開く。

「よーっす、まっちゃん莉子ちゃん」

「おお？　まっちゃん難しい顔してんなあ、どうした？」

ぞろぞろと入ってきた常連さんたちを見て、松之助さんは力なく「いらっしゃい」と口にした。これで松之助さんも一緒に歩きに行くという選択肢は消えただろうに、諦めがつかないのか表情は硬いままだ。

「……莉子」

松之助さんらしくない反応を不思議に思っていれば、ため息交じりに名前を呼ばれた。

「外見てみ」

「外？」

首を傾げながらも指示された通り、常連さんたちの来店で開いた引き戸の向こうに視線を向ける。店の外はもうすっかり暗く、赤提灯の明かりが辺りを照らしていた。

それがいったいどうしたというのだろう。松之助さんの心情が掴《つか》めず頭の上にハテナを浮かべていると、シナのおばちゃんが「あらまあ」と微笑んでいた。

「そうねえ、こんな暗い時間に女の子がひとりで歩きに行くのは心配よねえ」

「えっ⁉」

ふふふ、と笑うシナのおばちゃんの発言に、みんなが納得したように頷く。予想外の理由に驚いて松之助さんを見上げるも、ふいっと目を逸らされた。

考えてみれば、みんなでウォーキングをするといっても私以外はみんな神様だ。傍から見たら私ひとりで歩いているように見えることだろう。

だけど、まさかそれを松之助さんが心配してくれるとは予想もしていなかった。

やる気満々だったトヨさんも「なるほどねえ」とニヤニヤしている。シナのおっちゃんとごま吉も「それなら仕方ねえなあ」と顔を見合わせた。

「ま、松之助さん、そういう心配はしていただかなくても、……多分、大丈夫だと思うんですけど」

優しく見守るようなみんなの視線に耐えきれず、ごにょごにょとそう言ってみたけれど、松之助さんはそっぽを向いたまま。

「……せめて朝にして」

少し遅れて聞こえてきた返事に、シナのおばちゃんがまた笑みを深めた。

そんなわけで翌朝、東の空が白み始めた頃。

「くああ……、眠いな」

「ちょっとシナさん、あくびがうつるでしょ……ふああ」

特大のあくびをしたシナのおっちゃんと、それにつられて同じくらい大きなあくびをしたトヨさんの間で、私はひとりやる気にあふれていた。眠くないわけじゃないけれど、それよりもワクワク感が勝っている。

「しかし莉子ちゃん、気合い入ってんなあ」

シナのおっちゃんが私の格好を見て、感心したように顎をさすった。

タンスの奥にしまってあった高校生のときの学校指定ジャージに、半袖のTシャツ。やや肌寒いけれど、歩いていたら暑くなるだろう。首にタオルも巻いて、準備は万端だ。

「どうせやるなら、ガチでやってみようかと思いまして」

「にゃにゃ」

念のためにアキレス腱《けん》を伸ばす私のマネをして、ごま吉が短い脚を前後に開く。松之助さんからのご褒美を期待しているらしく、ごま吉もわりとやる気があるようだった。

「そうかい。ところでまっちゃんは行かねーのか？」

「明るくなってきたから行かないそうよ。ね、莉子？」

おっちゃんの質問に答えたトヨさんがニヤニヤしながら私に話を振る。

「ほ、ほら、もう行きますよ！」

含みのある生温かい雰囲気がなんだか恥ずかしくて、顔を背けて歩きだせば、「はあい」とさらに面白がっているようなトヨさんの声が返ってきた。

朝の伊勢の空気は少し冷たく、でも寒すぎることもない。五月の爽やかな気候は、ウォーキングをするのに最適だと感じられる。

店のある路地からメインの通りに出て、石畳の上を進む。いつもは観光客でいっぱいだけれど、さすがにこの時間には人通りがなかった。

「にゃっにゃっ」

腕をしっかりと振って歩く私の斜め前を、ごま吉がぽてぽてと歩いていく。私やシナのおっちゃんに比べて明らかに一歩が小さいごま吉が必死にちょこちょこと後ろ足を動かしているのは、見ているだけで癒される。フリフリと揺れるお尻も可愛くて、痩せてしまうのはちょっともったいないような気さえしてきた。

「なあ莉子ちゃん、散歩にしてはペース速すぎねえか？」

まだ歩きだして間もないというのに、シナのおっちゃんは早くも息を切らし始めている。

「そりゃダイエット部ですもん。散歩じゃなくてウォーキングですよ」

「俺のイメージはもっとこう、だらだら歩く感じだったのによお」

「それだとあんまり痩せられな……って、ちょっと待って、おっちゃん浮いてませ
ん？」
　真剣に歩いていたから気がつかなかった。隣で歩いていたはずのシナのおっちゃん
は、ふよふよと宙を浮いている。しかも、悪気がなさそうに「休憩させてくれよお」
と伸びをする始末だ。
　いったい、これはどうすれば……。
「ちょっとシナさん、風日祈祭までの一週間くらいちゃんと歩きなさいな。また奥さ
んと喧嘩になるわよ」
　あまりのフリーダム具合に呆気《あっけ》にとられる私に代わって、トヨさんがツッコミを入
れる。
『奥さん』というワードはやっぱり強力みたいで、シナのおっちゃんは焦ったように
足を地につけた。
　そうして賑《にぎ》やかに歩き進めていると、次第に身体がぽかぽかしてくる。しばらく運
動から遠ざかっていたため血行も悪くなっていたようで、太ももやふくらはぎが少し
かゆくなってきた。
　そんな中、おはらい町のほとんどのお店はまだ開いていないけれど、ところどころ
で「ちりん」「りりり」と涼しげな音が響いていた。

「風鈴の音がよく聞こえますね」

足のかゆみを紛らわせるべく話題にしてみると前を歩いていたごま吉が「にゃ」と耳を立てる。

「もうちょっと夏が近づいてきてからのイメージですけど、伊勢は出すのが早いんですかね」

五月に風鈴が出ているのは珍しい気がして、疑問を口にした。そんな私に答えてくれたのは、シナのおっちゃんだった。

「ああ、それは『風《かぜ》の市《いち》』っていうのがあるらしくてなあ」

「風の市？」

トヨさんはあまり詳しくないようで、首を傾げている。

「なんでも、風日祈祭が行われるタイミングで、風を感じるイベントがここらで開催されてんだとよ」

「風を感じるイベント、ですか」

すごくざっくりした説明だなあと思いながら聞き返した私に、シナのおっちゃんが少し誇らしげに胸を張った。

「つまりだな、俺たちの祭りに合わせてみんなも盛り上がってんだよ」

なるほど。そういえば以前、天照大御神《あまてらすおおみかみ》様に豊作のお礼をする『神嘗祭《かんなめさい》』があったときにも、市民が参加できる行事があって町全体が賑わっていた。それくらい伊勢は、神様たちとつながりの深い地域なのだろう。

「あら。日中はこんなにいっぱい出てるのねえ」

感心したように呟いたトヨさんの手元を見ると、いつの間に奪われていたのか、私のスマホがあった。写真や動画を投稿できるSNSのアプリが開かれていて、【#風の市】の検索結果が表示されている。

「もう、またトヨさん私のスマホ……」

「まあいいじゃない。莉子もこれ見てよ」

スマホを勝手に使われるのはいつものことながら、呆れてため息をついた私にトヨさんは画面を見せてきた。

そこには、ずらりと並んだ風鈴が風を受けて一斉に揺れている動画があった。音量を上げてみると、シャラシャラガラガラピンピンリリリ、と風鈴のさまざまな音色が歌うように響いている。

たくさんの短冊が風になびいて揺れ、一緒に並んだ風車もくるくると回っているその様子は、聴覚的にも視覚的にもにぎにぎしくて心躍る。

「わっ、これはすごいですね」

「でしょ？　やるわねえ、シナさん」

私とトヨさんの言葉に、シナのおっちゃんは「いやあ、それほどでもねーけどなあ！」と嬉しそうだ。

ごま吉も動画が見たいのか、こちらを振り向いてちょんちょんとジャンプしていた。膝を曲げて見せてあげると「にゃにゃっ」と目を輝かせる。

こんなに素敵なイベントが開催されているということは、伊勢の人たちにとってそれだけ風日祈祭は大切なお祭りなのだろう。

「なおさらいい風吹かせないと、ですね」

そのためにも、やっぱり体型をどうにかしなければ。そう思ってシナのおっちゃんのやる気を煽《あお》ってみると、「おうよ！」と力強い声が返ってきた。

「やっぱり、甘いもんとか揚げもんとか食いてえなあ」

あの気合いはどこへ行ったのか。シナのおっちゃんがそう言ってだらんとカウンターに突っ伏したのは、それから五日経った頃だった。

爽やかな風を感じながらの毎朝のウォーキングは、わりと楽しく行《おこな》っていたものの、次第に我慢ができなくなってきたらしい。松之助さんから食べてもいいと許可が下りているダイエット部メニューの冷やしキュウリをぽりぽりとつまみながら、トヨさんが頬張る唐揚げを恨めしそうに眺めていた。

「いやいや、ダメですって。もうあと少しの辛抱じゃないですか」

この五日間で、個人的には身体がすっきりしたと感じている。体重は変わりないけれど、身軽になったような気がする。

ごま吉もダイエットの効果があったみたいで、いつもはモタモタとよじ登っているカウンター席にぴょーんと飛び乗っていた。

その一方でシナのおっちゃんは、痩せたというより……やつれていた。

「でもよ、みんな楽しそうだしよぉ」

すかさず止めた私に、シナのおっちゃんはふてくされたようにぼやく。

座敷のほうでは、おっちゃんと仲よしの神様たちが今日もどんちゃん騒ぎをしている。初日こそ気を使ってしっぽりと飲んでくれていたけれど、宴会好きの常連さんたちがそれを続けられるはずもなく。ビールにトンカツにエビフライと、シナのおっちゃんが好きそうなものが遠慮なく注文されていた。

「莉子、これも座敷に持ってって」

「はい……って、あ」

こっそりと松之助さんから渡されたのは、シナのおっちゃんの大好物である黒みつプリン。思わずおっちゃんの顔を確認すると、「いいなあ……いいなあ……」と抜け殻みたいになっていた。

甘いものや揚げ物は私も好きだけれど、シナのおっちゃんほどの執着はない。松之助さんが作ってくれるまかないはどれもおいしいから、野菜や大豆製品が中心のダイエット部メニューになっても不満はなかった。

ごま吉の好きな食べ物は煮干しで、どちらかというとダイエットに向いている食材だ。食べすぎにならないよう量を制限されているのは、ごま吉も納得できているんだと思う。

そういう部分も含めると、ダイエット部の中で一番頑張っているのはシナのおっちゃんだろう。

「あんたはまったく。そんなくよくよしてたら、みんなに気を使わせちゃうでしょ」

一緒に来ていたシナのおばちゃんは、おっちゃんを励ましながら背中をポンと叩くけれど、言葉とは裏腹に心配そうな表情を浮かべている。

「確かにいつも元気なシナさんがこれだけしょんぼりしてるのは、ちょっと同情しちゃうわねぇ」

唐揚げを食べる手は休ませていないものの、さすがのトヨさんも気の毒そうにおっちゃんを見ていた。

私はなるべくおっちゃんの視界に入らないよう気をつけながら、座敷に黒みつプリンを運ぶ。宴会中の常連さんたちの雰囲気を壊さないようにそっと置いて、すぐに戻ろうとした私を「あ、莉子ちゃん莉子ちゃん」と常連さんたちが呼び止めた。

「シナさん大丈夫か？　つい俺らもうるさくしちまったけど、やっぱ静かにしといたほうがいいかい？」

「う、うーんと、どうですかね……」

反省したみたいに問いかけてくる常連さんたちに、私はカウンターのほうへチラリと視線を向けながらなんとも言えず曖昧な返事をした。常連さんたちに我慢をしてもらいたいわけではないけれど、シナのおっちゃんの哀愁漂う姿を見るのも心苦しい。

「あと少しってのは分かってんだけど、シナさんがあんな感じだと俺らも張り合いがないっつーか、なんか寂しいんだよなあ」

ぽつりと聞こえてきた声に、どうしたものかと腕組みをした。

考えてみれば、シナのおっちゃんは居酒屋お伊勢のムードメーカーだ。おっちゃんの豪快な笑い声が店に響いていないと物足りない気持ちになる。

一緒にダイエットに励んでいる身としては多少の厳しさも必要だとは思うけれど、なるべく楽しく取り組みたい。

「どうしたらいいんだろう。……ん？」

呟きながらカウンターの中に戻ると、松之助さんがなにやら忙しそうに手を動かしていた。

注文された料理は、さっき運んだ黒みつプリンで最後だったはず。私が座敷で話している間に誰かから注文が入ったのだろうか。

「松之助さん、それ」

「うん。ちょっと待っとって」

なにを作っているのか尋ねようとした私に、松之助さんはなぜか頷いた。

どういうことだろうと不思議に思いつつ、言われた通り口をつぐんで、その手元に視線を向けた。

何種類の材料を入れたのかは分からないけれど、松之助さんが混ぜているボウルの中身は白っぽい色をしていた。ある程度混ざったところで、さらに牛乳のような白い液体を加える。

「莉子、これちょっと混ぜといて」

松之助さんは私の興味津々な視線に気づいていたようで、そう声をかけてきた。

「はい」と返事をしてボウルを受け取ると、松之助さんは食器棚の上の扉を開けてごそごそし始める。探し物でもしているのだろうか。

「あったあった。久しぶりに使うなあ、これ」

しばらくして戻ってきた松之助さんが手にしていたのは、ドーナツの型だった。

「ビールのおかわりちょうだい……って、あら。松之助はまたなにか作ってるの？」

「そうみたいです」

トヨさんの質問に答えながらボウルを松之助さんに託して、私は冷えたジョッキにビールのおかわりを用意する。そうしている間に、松之助さんは生地を丸く穴の開いたドーナツ型にして油の中へと入れていた。

「はい、お待たせしました」

「ありがと」

おかわりを渡して、空いたジョッキを回収する。チラリとトヨさんの隣を見れば、シナのおっちゃんはいまだに元気が出ないようで、めそめそとカウンターに突っ伏したまま。シナのおばちゃんもやれやれと眉を下げている。

なんだか全体的に空気が暗いなあ、と思っていたとき。

「よし、できたで」

そう言って松之助さんがカウンターに置いたのは、こんがりキツネ色に揚がったドーナツだった。

「ええっ？」

驚愕《きょうがく》の声を上げたのは、私だけではない。トヨさんも、シナのおばちゃんも、同じように目を丸くしている。

ドーナツに驚いたわけではない。そのドーナツがシナのおっちゃんの前に置かれたことにびっくりしたのだ。

「……ん？　なんだあ？」

私たちの声に反応してのっそりと起き上がってきたおっちゃんは、自分の前にあるドーナツの存在に気づいた瞬間、バッと勢いよく顔を上げた。

「え、えええ？　どういうことだい、まっちゃん」

「うん。それ食べて元気出してな」

「いやいやそういうことじゃねえんだ。だって俺、甘いもんと揚げもんは……」

不思議そうにしているシナのおっちゃんに、松之助さんは微笑みながらドーナツを指差して説明をする。

「これ、『うの花ドーナツ』なんさ」

「うの花……おからを使っているんですか？」

私の質問に、松之助さんは「うん。あと豆乳も使ったで」と教えてくれる。

「まあ、甘いものやし揚げ物であることには変わりないんやけど、普通のドーナツに比べたらヘルシーやと思う」

「ま、まっちゃん……、俺のために……？」

みるみるうちにシナのおっちゃんの表情が和らいでいく。抜け殻状態だったおっちゃんが生き返ってくるようだ。

そんなおっちゃんに、松之助さんはポリポリと頬をかいて照れくさそうにしている。

「シナのおっちゃんが元気ないと、みんなも元気なくなるみたいやし。ちょっと早いけど、ここまでダイエットを頑張ったご褒美ってことでいいんちゃう？」

そう言って松之助さんはチラリとシナのおばちゃんに視線を向けた。

おっちゃんの体型を一番口酸っぱく注意していたおばちゃんは、「まったくもう、松之助くんは甘いんだから」とため息をつきながらも、どこかホッとしたように頬を緩めておっちゃんを見る。

「確かに、このままだと萎《しお》れていきそうだものね。ちょっとくらい、いいわよね」

自分に言い聞かせるみたいに呟いて、シナのおばちゃんは口角を上げた。

「私にもちょうだい。そのドーナツ」

「お、……おうよ！」

おばちゃんからも食べていいと許可が下りたシナのおっちゃんは、嬉しそうに返事をした。

「私もそれ食べてみたいわ」

その一部始終を見ていたトヨさんも、すかさず手を挙げる。

「にゃにゃっ」と目を輝かせたのはごま吉だ。ダイエット部の一員として便乗するつもりなのだろう。

かくいう私も、おいしそうなうの花ドーナツを目の前にしてうずうずしていた。

「分かった分かった、みんなで食べような！」

シナのおっちゃんは豪快に笑いながら頷いて、お皿からドーナツをひとつ取る。そのままパクリとかじりついたおっちゃんに、「どう？」とトヨさんが尋ねた。

じっくりと味わうように口を動かして、おっちゃんはぎゅっと目を閉じる。

「う……、うめえよお……」

久しぶりの甘いもの、揚げ物が身に染みたのだろう。しぼり出すように発したそのひとことは、とても幸せそうだった。

隣に立っている松之助さんを見上げてみれば、シナのおっちゃんにつられたように笑みをこぼしていた。

「どれ、私もひとつ」

「にゃ！」

遠慮なくひょいとお皿からドーナツを取っていったトヨさんとごま吉。ワンテンポ遅れて「私も」と手を伸ばしたシナのおばちゃん。みんなドーナツを食べて嬉しそうに感想を言い合っている。

その様子をソワソワと見ていた私に、おっちゃんがお皿を差し出してきた。

「ほら、莉子ちゃんも食べてみ」

「え、いいんですか？」

「なに遠慮してんだい。これはダイエット部のご褒美だろ」

おっちゃんはガハハと笑って「なあ、まっちゃん」と松之助さんにも同意を求める。

「うん、そうやな。莉子もよう頑張ってたもんな」

「あ、ありがとうございます」

許可をくれた松之助さんとシナのおっちゃんにお礼を言って、私もひとつドーナツをもらった。

——ぱくり。

揚げたてのうの花ドーナツにかじりつく。

サクッと歯ごたえがあったかと思えば、その下はふわっと柔らかい。もぐもぐと口を動かすと、控えめで優しい甘さが広がった。油っこさはなくて、これならいくつでも食べてしまいそうだ。

おからって口の中の水分を吸っていくイメージがあったけれど、ドーナツになるとそのモサモサ感はなく、さっぱりと上品な味に仕上がっていた。

「これ、おいしいです！」

素直に感想を伝えると、松之助さんは「よかった」と目を細めた。

甘いものも揚げ物も我慢していたから余計においしく感じるのか、ふた口、三口とあっという間に食べ終えてしまう。

「これならダイエット中でも罪悪感薄いです。パッと思いついたんですか？」

「いや、おはらい町の豆腐屋さんで売っとるのを思い出して、マネして作ってみただけやで」

そうだとしても、シナのおっちゃんを元気づけようと考えて、このドーナツを作った気遣いがなんとも松之助さんらしい。神様たちが毎日飽きずにこの店に集まってくる理由のひとつは、この松之助さんの人柄に違いない。

そんな素敵な人のもとで働けていることに改めて感動している私をよそに、松之助さんは話を続ける。

「そこの店、うの花ドーナツもやけど、豆腐のソフトクリームもあって、おいしいんさ」

「お豆腐のソフトクリームですか」

それはまた、想像しただけでもよだれが出そうだ。

松之助さんからの耳寄り情報に心を躍らせていると、座敷のほうから常連さんたちがひょっこりと顔を出してきた。

「おうおう。なんか楽しそうな声が聞こえると思ったら、シナさん復活してんじゃねえか」

「おお！　みんな気ぃ使わせて悪かったなあ」

うの花ドーナツを食べて、すっかりいつもの元気を取り戻したシナのおっちゃんは、ガハハとまた豪快に笑う。

「元気出てきたか、シナさん」

「やっぱシナさんはそうでねえとなあ」

常連さんたちのそんな声を受けて、シナのおっちゃんは照れたように頭をガシガシとかいた。そして、松之助さんにこう言った。

「まっちゃん、ありがとな。いい風吹かせるためにも、あとちょっとダイエット頑張れそうだわ！」

気合いが入った様子のおっちゃんの隣で、「ありがとう」とおばちゃんもぺこりと頭を下げる。

二柱の和らいだ雰囲気と、賑やかさを取り戻した店内に、松之助さんは嬉しそうに頷いた。

「それにしても、松之助くんの作るものはおいしいわねえ」

「だろ？　だからちょっとくらい太っても仕方――」

「仕方なくはないわ」

調子に乗りかけたシナのおっちゃんをしっかりと遮って、シナのおばちゃんは有無を言わせぬ笑みを浮かべる。

いつも通りの二柱のやりとりに、周りで見ていた常連さんたちは愉快げに笑い声を上げた。

こうして今日も、居酒屋お伊勢の夜は更けていく。

二杯目　夜空に花咲くクラフトチューハイ

七月中旬。気温が連日三十度を超え、むわっと茹《ゆ》だるような暑さが本格的な夏の到来を感じさせる今日この頃。

『宮川《みやがわ》の花火大会、協賛席のチケットが二枚余っとるんやけど、莉子ちゃん行かん？』

松之助さんの弟である竹彦《たけひこ》さんからそんな電話があったのは、鳩時計《はとどけい》が午後九時を指したところだった。

この時間が営業中であることを知っている竹彦さんは、いつもなら松之助さんの手が空いた頃を見計らって電話をかけてくるのに珍しい。なにか急用かな、と思いながら電話に出た私は、予想していなかった用件にポカンと口を開けた。

「……はい？」

怪訝《けげん》そうな声をしていたのだろう。調理中の松之助さんが「どしたん？」と気にかけてくれたけれど、手を止めてもらうのは忍びない。慌てて首を横に振って、受話器を握り直した。

『けっこう大きい花火大会やに。毎年きくのやも協賛しとって、出資するとチケットがもらえるんやけどさ。ちょうど二枚余ってしもたで、莉子ちゃんにもらってもらおかなと思って』

きくのや、というのは松之助さんの実家である伊勢の老舗《しにせ》料亭だ。

神様たちのことが〝見える〟体質である松之助さんと〝見えない〟体質であるご両

親の間でちょっとごたごたしていた時期もあったみたいだけれど、お正月にも帰省していたし、今はお互いにわりといい距離感でいるらしい。

料亭のほうは弟である竹彦さんが跡を継ぐ予定だという。

『まだ宮川の花火行ったことないやろ？』

「えっと、確かにこっち来てから花火大会に行ったことはないですけど」

そもそも、宮川ってどこだ？

頭にハテナを浮かべつつも、それ以前の問題点に気づく。

「せっかくのお言葉なんですけど、花火って夜ですよね？　居酒屋お伊勢も普通に営業しているので、行くのはちょっと難しいと思います」

『ええ～。店は松之助に任せて、莉子ちゃんだけでも友だち誘って行っておいない』

竹彦さんはそう言ってくれたけれど、また別の問題が浮上した。

「いやそれが、伊勢に友だちがあまりいなくてですね……」

あまりというか、ほぼゼロだ。自分で口にしておきながら、なんとも悲しい話である。

こっちに来てからも大学時代の友人である葉月とはちょこちょこ連絡をとっているけれど、この店中心に動いていることもあり、新しく友だちを作るような機会はなかった。その代わりに、神様の知り合いはたくさんできたわけだけれども。

神様たちのキャラが濃すぎて、友だちがいなくても毎日が充実しすぎている。

『じゃあもうせっかくやし、店閉めて松之助と行ってしもたら？』

「へ？」

ひとり現実に打ちひしがれていた私をよそに、竹彦さんは名案を思いついたとばかりの勢いで『うんうん、それがいい。そうしな』と電話の向こうで頷いているようだ。

「いや、あの……」

『花火は今週末やから、それまでにチケット届けるでな。ごめんな莉子ちゃん、忙しいときに電話して！　またな～』

「えっ、ちょ、ちょっと竹彦さん？」

口を挟む隙もなく、ガチャッと切られた通話。受話器から流れるツーツーという音。

「莉子～？　なんの電話だったのぉ？」

呆気にとられていた私に、すでに五杯のビールを飲んでできあがっているトヨさんがへらへらと尋ねてきた。

調理は一段落したようで、松之助さんも首を傾げる。

「えっと、なんか宮川の花火大会のチケットが二枚余ったから、要らないかって」

「あら、花火大会！　もうそんな季節なのねぇ」

竹彦さんの話を伝えると、トヨさんは目を輝かせてビールを掲げた。ワクワクしている姿は子どもみたいだ。

松之助さんは「ああ、なるほど」と納得したように呟いた。きくのやが協賛しているのは毎年のことだと竹彦さんも言っていたし、松之助さんにとっても馴染《なじ》みが深いのだろう。

「居酒屋お伊勢も営業しているし、行くのは難しいと思いますって伝えたんですけど」

「え！　なんで断っちゃったのよ、もったいない」

「あ、いや、断ろうとしたんですけど、竹彦さんはもうチケット届けに来る気満々で電話を切られて……」

戸惑いながら説明する私に、トヨさんはホッとしたように息を吐いた。せっかくならもらっておけということなのだろう。

チラリと隣の松之助さんの反応を窺《うかが》うと、ばっちり目が合った。

「大きい花火大会やし、いい席で見られるで、店のことは任せてトヨさんと行っといで」

案の定、松之助さんは私たちを送り出す姿勢だ。いい席で見られるっていうのは確かに魅力的ではある。だけど、松之助さんだけを残していくのも申し訳ない。

私が迷っていると、トヨさんが「なに言ってるのよ」とカウンターから身を乗り出した。

「松之助も行くんでしょ？」

「……は？」

想定外の問いかけだったのだろう。松之助さんは本当に意味が分からないとでも言いたげに首を傾げる。

「いや、俺が行ったら店どうするん」

「そんなの一日くらい休みなさいよ。臨時休業でいいじゃないの」

ほぼ毎日この店に来ているトヨさんがそんな提案をするとは思わなかった。意外だなあと驚いていれば、座敷のほうからひょっこりとシナのおっちゃんが顔を出した。

「なんか今、休業って聞こえなかったかい？」

「その通りよ〜」

トヨさんの返事に、なんだなんだ、と他の常連さんたちもぞろぞろと話を聞きにやってくる。

「俺はいいって。これまでに何回も行ったことあるし」

行かないという姿勢を崩さない松之助さんに、トヨさんは「はあ」と大きなため息をついた。

「あのね、考えてもみなさい。私と一緒に花火大会へ行ったところで、周りからしたら莉子は〝ぼっち〟に見えるわけでしょう？」

思い返してみれば、神様たちにはこれまで散々いろんなところへ連れていかされている。ぼっちで朔日餅《ついたちもち》に並んだのも、ぼっちで赤福氷を食べたのも、ぼっちで鳥羽市の神社まで行ったのも、わりと全部レベルが高い。

私のぼっちレベルを上げた主な原因のひとつは、確実にトヨさんの好奇心だ。そのトヨさんが今さらそれを口にするのか、と心の中でツッコミを入れつつ、トヨさんの話の続きに耳を傾けた。

「ひとりで花火大会なんて、もの悲しいことこの上ないでしょ？」

「いや、ひとりで静かに楽しみたい人もいると思いますけど……」

「莉子はちょっと黙っててちょうだい」

トヨさんにそう咎められて、「はい、すみません」とへこへこ引き下がる。

「若い女の子、花火大会、ひとり。はい、どういうことか分かる？」

私はもう二十五歳だし、若いと言ってもらえるほどのきゃぴきゃぴ感はないのだけれど、と口を挟みたい。しかし完全にできあがっているトヨさんを止められそうにない。

なぜか松之助さんを責めるような尋問をしているトヨさんに、周りの常連さんたちはみんな揃って首を傾げた。松之助さんも例外ではなく、難しそうに腕を組んでいる。

そんな反応を見て、トヨさんは呆れたように肩を下げた。

「松之助、あなたって本当に……そういうところあるわよね」

「そういうところ?」

「察しが悪いわ。どうして夜中のウォーキングには反対するのに、花火大会にはひとりで行きなって送り出せちゃうのかしら。『なあなあそこの姉ちゃん』って声かけられる可能性は莉子にも充分あるでしょ」

　私をナンパするような人は誰もいないと思うけれどなあ。

　松之助さんはというと、トヨさんの発言にようやくピンと来たらしい。ものすごい勢いで私のほうを見たかと思えば、「やっぱさっきの取り消しで」と呟いた。

「はい、決まり。みんな今週末はお店休みだからね」

「なんかよく分かんねえけど、花火大会に行くんだな?」

「まっちゃん、莉子ちゃん、たまにはそういう日もあっていいんじゃねえの」

　予想していた以上に状況を理解するのが早かった常連さんたちに驚きつつも、本当にいいのかなと戸惑っていた私はこっそりトヨさんに話しかける。

「トヨさん、休業になっちゃいましたけど、本当によかったんですか?」

「誰からも不満は出ていないんだし、いいに決まってるでしょ。莉子だって松之助と花火大会行きたいでしょうに」

　そこまで言われて、はたと気づいた。

そうだ。お店のことばっかり心配していたけれど、これってもしかして花火デートなのでは……？

「それはちょっと、……いや、かなり行きたいかもです」

小さな声で正直に答えた私を見て、トヨさんはニヤニヤと楽しそうな笑みを浮かべていた。


そして数日後、迎えた花火大会当日。

「莉子、しっかり踏ん張って～。いくわよ、せーのっ」

「ぐえぇっ」

二階の自室で、ぎゅっと強く締められた腰ひも。ちょっときつすぎませんか、と心の中で私が文句をたれている間に、トヨさんは慣れた手つきで帯を結んでいく。

「よし、できた」

ぽん、と両肩を叩かれて鏡を見れば、綺麗に着付けてもらった浴衣姿の私がいた。

「わ、ありがとうございます」

「どういたしまして。ズボンで行くなんて言うから、どうしてやろうかと思ったわ」

鼻を鳴らしたトヨさんに、「すみません」と私は肩身が狭い思いで頭を下げた。

動きやすくて座りやすいスキニーパンツで出かけようとしていた私にストップをか

けたのは、衣食住の神様であるトヨさんだった。

どこからともなく出てきた紺地の浴衣は白く大きな朝顔が描かれていて、黄色い帯も緑色をメインとしたカラフルな帯締めも、全部トヨさんが用意したものだ。それをちゃちゃっと身につけさせてくれたあたり、さすがとしか言いようがない。

いつも後ろでひとつに縛っているだけの髪の毛も、トヨさんの手によってふわっと抜け感のあるシニヨンに。仕上げに、とトヨさんがそこにつけたのは、松之助さんにプレゼントしてもらってから毎日大切にしているヘアゴムだった。

「うん、さすが私。完璧だわ」

トヨさんは前後左右あらゆる角度から私をチェックして、満足そうに頷いた。

「バッグはそこに置いてあるから、荷物入れてね。あと下駄《げた》は一階に持っていっておくから」

「すごいですねトヨさん、至れり尽くせり……」

ありがとうございます、とお礼を言って、財布とスマホ、リップ、ハンドタオルをトヨさんに貸してもらった小さなカゴ巾着に入れる。

「だって、面白そうなんだもの。デートよ、デート」

ニヤニヤと茶化してくるトヨさんに、なんだか恥ずかしくなりながら「はいはい」と適当に返事をして自分の部屋を出た。

傾斜の急な階段をゆっくり下りていくと、店のほうからなにやら賑やかな声が聞こえてくる。

「シナさん、これも入れとかな！」

「おうよ。そうだ、あれも要るんでねえかい？」

時刻はまだ夕方の六時前。参拝時間が終わるのは午後七時だから、まだ神様たちがうちに来るような時間でもない。まあ、当たり前のようにトヨさんはいつもよりだいぶ早い五時にやってきたわけだけれど。

「な、何事ですか？」

店では、シナのおっちゃんをはじめとする常連さんたちがいそいそと動き回っていた。

「おう、莉子ちゃん！　ちょうどよかった、焼酎は……って可愛くしてもらったなあ！」

私の問いかけに振り向いたシナのおっちゃんが、浴衣姿の私を見て目を細めた。

「本当だ。よく似合ってんな、莉子ちゃん」

「美人さんじゃねえか」

周りにいた常連さんたちも顔を上げて、口々に褒めてくれる。

「あ、ありがとうございます」

みんなからの称賛の言葉に照れながら頭を下げた私の隣で、トヨさんが「当たり前じゃない、私が見繕ったんだもの」と得意げに胸を張っていた。

カウンターの中にいた松之助さんの様子をチラリと窺う。

反応が気になって視線を向けたのだけれど、当の松之助さんは全然違うところを見ていた。

……別に、褒められるのを期待していたわけではない。でも、なにかひとことくらいコメントが欲しかった。せめて視線だけでも私に向けてくれないかな。無理か、松之助さんは忙しいもんなあ。

「おっちゃん、結局これはどうするん？」

こっそり落胆している私に気づいていない松之助さんは、呆れたように薄い笑みを浮かべて、シナのおっちゃんに問いかける。それまでの作業を思い出したらしいおっちゃんは、「あ、そうそう」と焼酎の瓶を手に取った。

「莉子ちゃんにも意見もらいたくてなあ。焼酎は麦か芋かどっちがいいと思う？やっぱどっちも持ってってとくか。花火見ながらの酒はうまいだろなあ、楽しみだなあ！」

「えーっと……」

戸惑う私をよそに、シナのおっちゃんはソワソワした様子で大きなクーラーボックスに麦焼酎と芋焼酎の瓶を入れる。そのクーラーボックスを恐る恐る覗《のぞ》き込めば、大量の缶ビールやお酒の瓶、おつまみなどがぎっしりと詰まっていた。

つまり、常連さんたちは花火大会に一緒に行く気で、ああだこうだ言いながら準備をしていたということか。

「……誰が持っていくんですか、これ」

いろいろとツッコミを入れたいところはあるけれど、ひとまず確認をしようと尋ねた私に、シナのおっちゃんはしれっと答える。

「まっちゃん」

「え、俺？」

まさか自分が持っていくことになっているとは予想もしていなかったらしく、松之助さんはキョトンとしている。

「もう、なにふざけてるのよ」

ため息交じりに口を開いたのはトヨさんだった。

「莉子がこんなに可愛くなったっていうのに、その隣で歩く松之助がこんな大きいクーラーボックス持ってたら完全に悪目立ちするでしょ？　ていうか、あなたたちも行くつもりだったの？　参拝時間はまだ終わってないのに、どうしてここにいるのよ」

「最後のひとことに関しては、みんなトヨさんには言われたくないと思うで……」

フンとふんぞり返って常連のおっちゃんたちに説教するトヨさんをありがたく思いつつも、ぼそりと聞こえた松之助さんの意見には賛成である。

そもそも協賛席のチケットは二枚しかないし、神様たちがついてきたところで（周りの人たちには見えていないとはいえ）座る場所もないだろう。

「だ、だってよお」

「だってじゃないわよ。今日は臨時休業。はい、解散！」

シュンと落ち込んだシナのおっちゃんの背中を押して、トヨさんは店の外までみんなを連れ出した。

「ほら、松之助も莉子もそろそろ行かないと間に合わないわよ」

いつになく協力的なトヨさんに急かされ、私と松之助さんは慌てて【本日臨時休業】という貼り紙をして店を出る。

店の外で寝転がっていたごま吉が、「にゃいにゃい」と手を振って見送ってくれた。

宮川の花火大会は正式には『伊勢神宮奉納全国花火大会』というらしく、全国の花火師さんたちが花火の出来を試す競技大会だそう。昭和二十八年から続いている歴史のある花火大会なのだとか。

「いつからとか詳しくは知らんけど、俺が物心ついた頃にはすでにきくのやも協賛しとったな」

おはらい町から宮川までは、微妙に距離がある。人でぎゅうぎゅうのバスに揺られながら説明する松之助さんに「ふーん」と気の抜けた返事をした。

正直、松之助さんの話は右から左へと流れていた。

松之助さんは白い半袖Tシャツに、薄い水色のすっきりとした形のデニムを合わせている。私がもし学生でもう少し若かったら、一緒に浴衣を着たいなと思っていただろうけれど、松之助さんの作務衣姿を見慣れすぎているため、私服姿のほうが新鮮でかっこよく見える。

「ん？」

「あ、いえ、なんでもないです」

じっと眺めすぎていたのだろう。首を傾げた松之助さんから慌てて目を逸らした。

バスには小さな子どもからお年寄りまで、幅広い年代の人たちが乗っている。浴衣を着た高校生くらいのカップルがパシャパシャと自撮りをしては楽しそうに笑う声が響いていた。

私と松之助さんも、傍からすればカップルみたいに見えているのだろうか。

ふとそんなことを考えて、恥ずかしくなってブンブンと頭を振った。

「え、どしたん」

「どうもしてないです」

そう答えたけれど、松之助さんは不思議そうに眉をしかめている。

場をごまかすように作り笑いを浮かべながら、挙動不審すぎる自分の行動を反省していれば、バスがゆっくりと減速した。

乗客みんながソワソワと動きだしたところを見るに、会場の近くに着いたのだろう。

「はぐれやんようにしよな」

「はい」

ぞろぞろと降りていく人だかりの中で、あの大きなクーラーボックスを持ってくる羽目にならなくて本当によかった、と改めて思った。

松之助さんの隣に並ぶと、下駄で歩きにくい私を気にしてゆっくりと歩いてくれる。

その気遣いにまたキュンとしながら進んでいくと、ソースのいい匂いが漂ってきた。

「わあ、お店がいっぱいありますね」

たくさんの屋台が軒を連ねている光景に胸が躍る。

「ふらっと回ってみて、食べたいのあったら買《こ》うてこか」

松之助さんの提案にコクリと頷いた。

このやりとりがすでに、なんかデートっぽい。ソワソワと落ち着かないような感覚にひとりで照れながら、焼きそばやカキ氷など定番の屋台を見て回る。

「あ、松之助さん、唐揚げのお店ありますよ。トヨさんがいたら買ってってねだられますね」

「それ絶対言うやろな。シナのおっちゃんはリンゴ飴《あめ》とチョコバナナに食いつきそうやなあ」

「調子に乗ってまた食べすぎて、おばちゃんに怒られるところまで想像できました」

お客さんたちを思い浮かべて、くすくすと笑い合う。そんな話ができるのは松之助さんとだけだろう。

自分たちが食べたいものを探しているはずなのに、いつの間にか「ごま吉はこれじゃないですか」「こっちはキュキュ丸たちが喜びそうやなあ」とどんどん本来の目的から逸れていく。

でも、くだらない会話が楽しくて、私はずっと頬が緩みっぱなしだった。

そのとき。

「……あれ？」

ふと視界に入ってきた小さな男の子が気になった。

「ん？」

「あ、いや、あの子って……」

私の様子に気づいて、どうしたのかと気にしてくれた松之助さん。私の視線をたどって合点がいったようだ。

「神様やろなあ」

私たちが見つけたのは、屋台と屋台の間で座り込んでいた小さな神様だった。うちの店に来る常連さんたちが身につけているのと似たような白っぽい服に、赤く丸い珠の首飾りをかけている。背丈は小学生の男の子くらい。赤毛の短い髪は、この人だかりの中でもよく目立っているのに、誰も気に留めずに通り過ぎていた。他の人たちには見えないみたいだから、やっぱり神様に違いない。

「座り込んで、具合でも悪いんですかね？」

「ちょっと声かけてみよか」

松之助さんの言葉に賛成して、私たちは少年のような神様のもとへと足を進めた。周りの人たちから怪しまれないようにと注意を払いつつ、話しかけてみる。

「あの」

「はあああああ、大丈夫かなあ……」

大きなため息が聞こえ、松之助さんと顔を見合わせる。

「神様、あの、大丈夫ですか？」

アイコンタクトをとってからもう一度声をかけると、俯《うつむ》いていた神様はゆっくりと顔を上げて「ええ？」と不思議そうに私たちを見た。その顔立ちは幼いのに、なんだかげっそりとしている。

「どこか具合が悪いんですか？」

再度尋ねた私に、神様はぱちくりとまばたきをした。

「え、ボクが見えとるん？」

「へ？　あ、そっか」

思い返してみれば、顔見知り以外の神様と話をしたことはほとんどない。そりゃ神様たちが〝見える〟人間のほうが少ないだろうから、驚くのも無理はないだろう。

どう説明すればいいのか分からず、言葉が続かない私に代わって、松之助さんが話をしてくれる。

「松之助といいます。こっちは莉子。お名前を伺ってもよろしいですか？」

「ああ、松之助。なんかどっかで聞いたことある名前や」

神様たちの間で松之助さんの存在は有名なのかもしれない。少年の神様は納得したように頷いてからこう名乗った。

「ボクは『迦具土神《かぐつちのかみ》』という。あんまり堅苦しいのは苦手やから、適当に呼んでや」

「カグツチさんか。有名な火の神様やな」

名前を聞いてすぐに松之助さんは呟いた。言われてみれば、瞳もメラメラと燃える炎みたいな色をしている。

「しかし、カグツチさんってあんまり伊勢におらんイメージやなあ。祀られとる神社があるんは、一番近いところで熊野《くまの》とかやし」

「熊野って、『熊野古道《こどう》』とかの？　三重《みえ》のだいぶ南のほうでしたよね」

世界遺産に登録されている名所を挙げると、松之助さんは頷いた。確か、大きな花火大会があることでも有名な地域だ。

「うん。伊勢からやと高速通っても二時間近くかかるで。ほぼほぼ和歌山《わかやま》みたいなとこやな」

そんなに遠いところから、どうしてカグツチさんはやってきたのだろう。

そう考えて、ピンと来た。

「もしかして、……迷子？」

「迷子とちゃうわ！」

強めのツッコミがカグツチさんから飛んできた。どうやら違ったらしい。

「ボクが遥々《はるばる》ここまで来たんは、花火大会があるからや」

「……花火大会？」

熊野でも花火は見られるだろうに、伊勢の花火が見たかったのだろうか。

カグツチさんの言葉がいまいちよく理解できず、首を傾げる。

「んーと、とりあえず場所変えよか」

長くなりそうだと判断したのだろう。屋台と屋台の間で立ち止まっていた私たちは松之助さんの提案に頷いて、移動することにした。

「花火って綺麗やけど、安全には気をつけてもらわなあかんねん」

ゆっくりと歩きながらカグツチさんが語る。

「火って、ちょっと間違えるとすぐ大変なことになるでなあ。心配やあ。熱いのはあかんで」

火の神だというカグツチさんは、火の恐ろしさを一番よく分かっているのだろう。花火大会があるたびに心配になるらしく、遠すぎるという距離でもなかったため伊勢まで駆けつけたのだという。

それであんなに顔色悪くしていたのか。なるほどなあ。

「カグツチさんは防火、防災の神様ともされとるんさ」

「そうなんですね」

松之助さんの補足説明を聞いて、納得する。

私たちが楽しみにしている花火は夏の風物詩だけれど、確かに危険と隣り合わせだ。カグツチさんが見守ってくれているというのは、とてもありがたいことのように思う。

「それはそうと、ちょっと暑くないですか？」

「え、熱い？　熱いのはあかんで！」

私の呟きに、カグツチさんは瞬時に反応した。私の腕を掴んで揺さぶってくる。

その必死さに、また体感温度が上がった気さえした。

「そっちの熱いじゃなくて、浴衣って袖が長いから、ちょっと暑くて」

苦笑しながら答えた私に、カグツチさんは「そうか」と安心したように呟いて私の腕から手を離した。

「カキ氷でも食べる？　買うてこよか」

ちょうど通りがかったカキ氷の屋台を指差した松之助さんに、「ありがとうございます」とお礼を言う。カグツチさんはキョトンとしてその様子を見ていた。

少しして松之助さんが買ってきたのは、いちご味のカキ氷だった。

「ごめん、何味か聞くん忘れとったわ」

「いえ、いちご好きです。ありがとうございます」

もう一度お礼を伝えて、さっそくひと口食べる。冷たさが口の中に広がり、火照《ほて》った身体がちょっとマシになったような気がした。

もうひと口食べようとストローのスプーンですくっていれば、不意に浴衣の袖が引っ張られた。視線を向ければ、カグツチさんがじいっとカキ氷を見つめている。

「……食べてみますか？」

「いいん!?」

すかさず返事をしたカグツチさんにカキ氷をすくってスプーンを差し出すと、すぐさまパクッとその口の中へ消えていった。

みるみるうちに笑顔になったカグツチさん。その素直な反応が可愛い。さっきまでの顔色の悪さが嘘《うそ》のようだ。

「莉子、これおいしいなあ」

「お気に召したみたいでよかったです」

キラキラと目を輝かせるカグツチさんは「実はな」と遠慮なく要望を口にした。

「他にも食べてみたいやつがあってな！」

「……はい？」

「確かあっちのほうやったんやけど」

思わず聞き返した私の腕を、こっちこっちと引っ張るカグツチさん。

助けを求めるように松之助さんを見れば、仕方ないなあとでも言いたげな苦笑いが返ってきた。

「焼きそばとリンゴ飴とイカ焼きと……」

気になった屋台に片っ端から突っ込んでいくカグツチさんを制止しようと思うものの、好奇心旺盛で無邪気な姿を見せられてしまっては私も強く止めることができず。

数分後には、私の手も松之助さんの手もカグツチさんが食べたいものでいっぱいになっていた。

「えーっと、次は」

「カグツチさん、もう花火始まっちゃいますから」

まだ次のお店に行こうとするカグツチさんをそう促せば、「もっと食べてみたいものあったのに」と少し不満げな表情が返ってくる。

「このくらいの量がきっとちょうどいいですって。ほら、座って食べましょう」

言い聞かせるように説得しながら、協賛席のほうへと誘導する。

「うーん、まあ莉子がそう言うんやったら」

カグツチさんはなぜか私に懐《なつ》いたようで、不服そうにしつつもついてきた。

ホッと安堵の息を吐いて、人混みの中を進む。その途中で、私はふと気になる文字を見つけてしまった。

「マイヤーレモンのクラフトチューハイ……」

「へ？」

歩くスピードを落とした私に、カグツチさんは不思議そうに首を傾げる。松之助さんも「どしたん？」と声をかけてきた。

「いや、その、地域限定って書いてあるし、おいしそうだなと思って」

私が目に留めたのは、フランクフルトや焼き鳥などの串ものを売っている屋台で、一緒に並んでいた飲み物のメニューだった。ソフトドリンクやビールといった定番の隣にひときわ目立つ【マイヤーレモンのクラフトチューハイ】という文字が見えた。

「ああ、マイヤーレモンは三重の南のほうの地域の特産品やなあ。レモンとオレンジのハーフみたいな感じで、普通のレモンより酸味がまろやかなんさ」

「なるほど。さっぱりしてそうですね」

説明に感心していた私に、松之助さんは「ひとつ買うてみよか」と尋ねる。その嬉しい提案に賛成して、列に並んだ。

屋台のおじさんにお金を払い、手持ちサイズの瓶を受け取る。

「せっかくやし、冷たいうちにちょっと飲んでみたら」

「じゃあ、お言葉に甘えて」

松之助さんの勧めで、私はさっそく口をつけることにした。すでに開栓されていたため、そのままひと口飲んでみる。

すぐにオレンジのような甘味が広がったけれど、次第にレモンの酸味とお酒の苦味がやってきた。鼻の奥から、すっきりとしたレモンの香りが抜けていく。

「おいしいです、これ。……でも、ちょっときついかも」

チューハイというからもう少し優しいお酒かと想像していたけれど、案外アルコール度数が高そうな味がした。

それを松之助さんに伝えると、「ひと口飲ませて」と手が伸びてくる。その手に瓶ごと渡せば、口をつけた松之助さんは納得したように頷いた。

「確かに、チューハイにしてはちょっと度数高いかもな、おいしいけど。飲みきれやんだら俺が飲むわ」

「どれ、ボクにも飲ませてや！」

松之助さんにそうせがんだのはカグツチさんだった。私の腕に掴まって、ぴょんぴょんと飛び跳ねている。どうやら興味津々らしい。

しかし、見た目は完全に子どもだ。多分、いや絶対に実年齢は私たちより遥か上だと思うけれど、酒類を渡してしまうのはダメな気がしてならない。

「……カグツチさんにはまだ早いって」

松之助さんも私と同じように考えていたみたいで、目を逸らしながら呟いた。

「まだ早いってどういうことや？」

「えーっと、あ、ほら、花火がもうすぐ始まりそうですし、急ぎましょう」

質問の答えをはぐらかして、私は慌てたフリをする。カグツチさんは首を傾げたままだったけれど、松之助さんも「そやなあ」と話を合わせてくれたため、カグツチさんのチューハイへの興味は逸れたようだった。

歩き慣れない下駄で、蓋の開いたチューハイをこぼさないように気をつけながら、カグツチさん用の食べ物と共に席へと運ぶ。

「ここやな」

そう呟いて腰を下ろした松之助さんの隣に座り、両手に抱えていた荷物を下ろせば、待ってましたと言わんばかりにリクエストが飛んできた。

「莉子、ボクはまずこれ食べたいんやけど」

カグツチさんはぴったりと私にくっついて、さっそくたこ焼きを指差した。

他の人たちにはカグツチさんの姿は見えていないため、飲食するとなるといろいろと気をつけなければならない。それこそ一歩間違えると、宙に浮いた食べ物が少しずつ減っていくように見えてしまう。

以前、トヨさんたちと赤福氷を食べに行ったときも、私が食べるフリをしながらトヨさんたちに差し出した。

現在、私の左側に松之助さん、右側にカグツチさんが座っている。カグツチさんにあーんとするのは私の役目になりそうだ。

これだけの量を今ここで食べるとなると、無駄な動きをたくさん入れる必要がある。正直、それは面倒くさいのだけれど、カグツチさんは好奇心に満ちた目で私を見ていた。

「……はいはい、ちょっと待ってくださいね」

ワクワクと楽しそうなカグツチさんを無下《むげ》に扱うことはできず、結局私はたこ焼きの入ったパックから輪ゴムを外した。

まずは一個、爪楊枝《つまようじ》で刺して、周りの視線を確認する。

「あ、食べるなら今です」

私がひそひそ声でタイミングを伝えると、カグツチさんはまるっとひとつ、ひと口で食べた。……かと思えば。

「あっつ、熱っ」

予想以上にたこ焼きは熱かったようで、口の中を冷ますようにカグツチさんははふはふと口を動かす。

「熱いのはあかんって言うたやん！」

「すみません、そんなに熱いと思わなくて。お味はどうですか？」

「いやそれはおいしかったけど！　頼むで莉子、今度は冷ましてや」

そう頼んできたカグツチさんの歯には、ばっちり青のりがついている。笑ってしまいそうになるのを必死にこらえて、二個目のたこ焼きは爪楊枝で半分に割って少し冷ましてから差し出した。

カグツチさんも一個目で学んだらしく、フウフウと息を吹きかけてからそれを口にする。

「お、今度はばっちりやな。おいしいわ」

「それはよかったです」

タイミングを計って残りの半分もぱくりと食べたカグツチさんは、満足そうに頬を緩めた。

「莉子、さっきのチューハイ飲んでもいい？」

その後もしばらくカグツチさんに付きっきりでたこ焼きをあげていた私に、松之助さんが声をかけてきた。

周りから不思議がられないように、カグツチさんとのやりとりには神経を使っていたから、正直ちょっと松之助さんの存在を忘れていた。

「あ、はい。どうぞどうぞ」

「ありがと」

私のほうに置いていた瓶を左隣の松之助さんに渡していれば、右隣から「なあなあ莉子、今度はこれも食べたいんやけど」とカグツチさんが腕を引っ張る。

ちょっとくらい松之助さんとしゃべらせてくれてもいいだろうに。待ちきれない子どもみたいだ。

「はいはい、次はどれですか？」

だんだん子守りをしているような気持ちになってきた私をよそに、カグツチさんは嬉しそうにリンゴ飴を指差した。全体的に赤いカグツチさんとリンゴ飴はよくマッチしている。

それにしても、リンゴ飴を食べてもらうのはなかなかにレベルが高そうだ。

たこ焼きくらいの大きさのものだったら、こつ然と消えてもまだバレなさそうだけれど、かじらないといけないものは周りの人に見られていた場合、言い訳するのが難しいだろう。

ずっと舐《な》めておいてもらえるならいいものの、リンゴに到達したらそうも言っていられない。

たこ焼き以上に集中しないと、と背筋を伸ばしたときだった。『皆さま、お待たせいたしました』と会場にアナウンスが流れた。

「いよいよ始まるみたいですね……って、大丈夫ですか？」

楽しみだなあとカグツチさんを見れば、ついさっきまでの表情とは打って変わって、出会ったときのような顔色の悪さに戻っていた。

「はあああ、お腹痛くなってきた……。無事に花火大会終わりますように。熱いのはあかん、熱いのはあかんで」

げっそりした顔で両手を合わせ、安全を祈願し始めたカグツチさん。

それを待っていたかのように、夜空に花火が打ち上がった。

――ヒュー……ドン。

「わあ！」

ぱあっと空に広がるキラキラとした光に、目を輝かせる。色とりどりの花火はまぶしくて、とても迫力があった。

花火がひとつ打ち上がるたびに、周りからは「おお～」という歓声や拍手の音が聞こえてくる。

大輪の花が咲くのは一瞬で、儚《はかな》く消えたあとは火薬の匂いが風に乗って運ばれてきた。

これぞまさに夏の風物詩。

「綺麗だなあ」

ぽつりと呟きが漏れた。右隣に視線を向けると、カグツチさんは花火を見つつも真剣に両手を合わせている。

本来は危ないものである火をこうして安心して美しいと感じられるのは、花火師さんたちの技術はもちろんのことながら、カグツチさんのような神様のおかげもあるのかもしれない。

右隣で安全を願い続けるカグツチさんに、心の中で感謝をしていたときだった。

不意に、左手が握られた。

「……へっ？」

突然のことに驚いて、左隣へと顔を向ける。

松之助さんはむすっとふてくされたような表情を浮かべながら、ドンドンと打ち上がる花火を眺めていた。

……いや。いやいや。え、手……手が、つながっているんですけれども。

これはいったいどういうことだ、とパニック状態の頭をフル回転させる。

私がびっくりしていることには気づいているはずなのに、松之助さんはこちらに目をくれる気配もない。

チューハイのアルコールが回ってきたのだろうか。いや、松之助さんがお酒に強いのはよく知っている。じゃあ、どうして。

「あああっ！　ちょっと待ってや、その手はどしたんや！」

動揺した私の不自然な動きに気づいたのだろう。先ほどまでげっそりしていたカグツチさんが、顔を真っ赤にして私と松之助さんのつながった手を指差した。

どうした、は私も聞きたい。

騒ぎだしたカグツチさんに、松之助さんはむすっとした表情のまま視線を向けた。

「あかんて、あかん！　今すぐ離しや、アツいのはあかん！」

——ドン、ドドン。

花火が打ち上がる音がする。

「あかんくない。莉子は俺と花火見に来たんやからな」

つないでいた手にぎゅっと力が込められた。カグツチさんを見る松之助さんの顔は不機嫌そのもので、いくら鈍い私でも気づいてしまう。

もしかして、……拗《す》ねていたんだろうか。

まさかすぎるヤキモチに、わあと叫びたくなった。お腹の下のほうからグッと熱が広がっていくみたいだ。顔が一気に赤くなったのが分かる。

やばい。これはやばい。不覚にも松之助さんを可愛いと思ってしまった。

カグツチさんは、はわはわと唇を震わせて「あかんてぇ……」と言い返していたけれど。

「ちょっとちょっと、なんでそこにいるのカグツチさん！」

突如、背後から焦ったような声が聞こえてきた。花火の音にも負けない大声は、とても聞き慣れたものだ。振り向けば案の定、店で別れたはずのトヨさんが猛スピードでこちらに向かってきていた。

「え、トヨさん？　どうしたんですか？」

「どうしたじゃないわよ。ちゃんとデートっぽい雰囲気になってるのか気になって来てみたら！　なんでいるのカグツチさん、迷子なの？」

「迷子ちゃうて……」

どうやらトヨさんとカグツチさんは顔見知りだったようだ。

「まあなんでもいいわ。とりあえず邪魔者は撤退するわよ。じゃあ松之助、莉子、ふたりとも楽しんでね」

まだなにか言いたそうにしていたカグツチさんの腕を遠慮なく引っ張って、トヨさんはウインクをひとつしてから嵐のように去っていった。

あまりの急展開に、ポカンと開いた口が塞がらない。

「……すごいですね、トヨさんって」

「ほんまになあ」

さすがの松之助さんも唖然《あぜん》としているようだ。

花火はまだまだ打ち上がり続けている。周りの人たちはみんな花火に釘付《くぎづ》けで、今のドタバタ劇には誰も気づいていないだろう。

「……あ」

ふと、まだ握られたままの左手のことを思い出す。その途端に再び顔が熱くなるのを感じた。

手を離す必要はないだろう。でも、つないだままというのも心臓が持ちそうにない。

どうしようか、とひとりであたふたしていれば、つないだ手にもう一度ぎゅっと力が込められた。

驚いてバッと顔を上げると、松之助さんは私の反応を面白そうに見ていた。

「なっ、え、酔ってます？」

「酔うてないで」

さっきまでふてくされていたというのに、なんだか余裕そうな松之助さん。ちょっと悔しくなって、私も仕返しとばかりに左手に力を込めてみたけれど、痛くもかゆくもなさそうだ。

「ずっと言おうと思っとったんやけどさ」

「なんですか」

全然照れる気配のない松之助さんに、くそう、と思いながらつい強い口調で返事をする。それすらも気にならないらしく、松之助さんは笑みを浮かべたまま、こう口にした。

「それ、似合っとるな」

……それ、とは。

数秒考えてから、浴衣のことか、と合点がいった。

店でおっちゃんたちが褒めてくれていたときには興味なさそうだったのに、ちゃんと見ていてくれたんだ。

じわじわと嬉しさが胸に広がって、心臓がドキドキと大きな音を立てる。

「あ、ありがとうございます……」

小さくお礼を伝えると、「うん」と頷きが返ってくる。

よかった。トヨさんに着付けてもらった甲斐《かい》があった。

似合っていると言ってもらえたことにホッとしていれば、急に松之助さんが私から目を逸らした。

「あ、あの？」

それまで余裕たっぷりだった松之助さんの突然の行動に、戸惑いながら声をかける。

「いや、別に」

なんでもなさそうに返事をしているけれど、松之助さんはつないでいないほうの手で顔を覆いだした。ついさっきまで涼しげだったその横顔をよくよく見ると、ピアス穴がいっぱい開いている松之助さんの耳がとても赤くなっている。

もしかして、だけれど……。

不意に私の頭をよぎった予想が正解だと認めるみたいに、つないだ手の平はじんわりと汗をかいていた。

松之助さんの熱が私に移る。かあっと顔が火照るのを感じながら、私は口を開いた。

「……松之助さん」

「なに」

ぶっきらぼうな声だ。きっと平静を装っているのだと思う。

「今になって照れるのやめてください……」

慣れていないことをした自覚があったのだろう。「恥ずかしさが伝わってくるので」と付け加えた私に、松之助さんは真っ赤な顔で「ちょっとそっとしといて」と呟いた。

三杯目　夏を満喫、流しそうめん

――ミーンミンミン。

「……暑い」

八月。あまりの暑さに目を覚ますと、セミの大合唱が聞こえた。

スマホで時刻を確認すれば、お昼の十二時。いつも夕方頃まで眠っている私だけれど、この気温の高さでは今日はもう眠れそうもない。

「一階のほうが絶対涼しいって」

あくび交じりに呟きながら自分の部屋を出て、傾斜の急な階段を下りていくと、がたがたと物音が聞こえた。

「……あれ、松之助さん」

ごま吉かキュキュ丸だろうと予想していたけれど、音の正体はうちの店主だったようだ。営業中の作務衣姿ではなく、黒の半袖Tシャツに細身のスウェットパンツというラフな格好をしている。カウンターの中でお鍋にお湯を沸かしているところだった。

「おはようございます」と挨拶をしながら頭を下げる。

「おはよう。莉子がこの時間に起きてくるん珍しいなあ」

「暑くて目が覚めちゃって。そういう松之助さんも、いつもはもう少し寝てますよね？」

グッと伸びをしつつ尋ねると、苦笑が返ってきた。

「うん。なんか冷たいの食べたなってさ。めっちゃ手抜きのそうめんやけど、莉子も食べる?」

「いやいや、具材がある時点で全然手抜きじゃないですから」

調理台の上には、すでに錦糸卵やキュウリ、トマトが用意されていた。松之助さんの手抜きの線引きが怖すぎる。

ツッコミを入れつつも「食べたいです」と答えた私に、松之助さんは頷いた。

「作っとくで、顔洗っといで」

「ありがとうございます」

沸騰してきたお湯に松之助さんが束になったそうめんを入れていくのを見てから、私は洗面所に向かう。顔を洗い、歯みがきをして、軽く寝癖を直して店のほうに戻ると、ちょうど茹で上がったそうめんを冷水で洗っているところだった。

店の外にかけてある風鈴の音がちりんと聞こえる。カラカラと微かに音を立てて回る扇風機が、いかにも夏という感じだ。

「はい、できたに」

ざるに盛りつけられたそうめんは、見た目からして涼しげだ。お腹が空いていたわけではなかったけれど、これならツルツルッと完食してしまいそう。

私は折りたたみの椅子をふたつ準備する。まかないを食べるときのスタイルで隣り合って座り、一緒に「いただきます」と手を合わせた。

めんつゆにつけてすすると、冷たくて喉越しがいい。

「この麺、ちょっと噛《か》みごたえがありますね」

感想を言った私に、松之助さんは説明してくれる。

「これ、実家から大量に届いたそうめんなんやけどさ。大矢知《おおやち》っていう三重の北のほうの地域で作られとる手延べそうめんで、太麺でコシがあるのが特徴らしい。昔から『三重の糸』とか『伊勢そうめん』とか呼ばれとるんやって」

なるほど。確かに少し太めで、歯ごたえがいい。お腹にしっかりとたまりそうな気がする。

松之助さんの話に相槌《あいづち》を打ちながら、もうひと口食べてみる。

「うん、さっぱりしていておいしいです。やっぱりそうめんっていいなあ」

「調理も楽やしな」

「松之助さんの楽の基準はちょっと分からないですけど……。あ、そういえば」

そうめんをすすりつつ、ふと思い出したことを口にする。

「小学生のときの夏休みって、お昼ごはんはだいたい麺類じゃなかったですか？」

「え、そやった？」

「うちだけですかね？　焼きそばとか、うどんとか、そうめんとかが多かった記憶があるんですけど」

　夏休みになると、普段は学校で給食を食べている我が子に毎日お昼ごはんを用意しなければならない。作る側からしたら、面倒なことこの上なかっただろう。麺類が多かったのは、献立を考えるのも調理するのも楽だったからかなあ。

　茨城の実家にいる両親を思い出していれば、松之助さんは首を傾げた。

「うちは料亭やからなあ。それこそいろんなもの食べさせてもらっとったわ」

「あ、そっか。いいもの食べてたんですね」

　松之助さんの実家である老舗料亭『きくのや』に行ったことはないけれど、松之助さんや竹彦さんから聞く限り、敷居の高そうなイメージがある。きっと料理も絶品なのだろう。

　少し羨ましく思っていると、松之助さんは苦笑いを浮かべた。

「うん。けど、俺が小学生のときは家がちょっと居心地悪かったから、夏休みはたいてい自分でおにぎり握って、外に出かけとったかも」

「あ、……そうだったんですね」

「保冷剤とか入れてなかったし、今考えてみると食中毒めっちゃ怖いわ」

　触れないほうがいい話題だったかな、と後悔している私をよそに、松之助さんはあまり気にした感じはなく当時を懐かしんでいる。「料亭経営しとるんやったら、実の息子にも保冷剤持ってけくらい口出ししてくれたらよかったんに」と文句を言えるくらいには、両親とのわだかまりは薄れているようだ。

その様子にホッと安心していたときだった。

「あっついわ！」

ガラッと引き戸が開いた。

聞き覚えのある声に視線を向けると、トヨさんがパタパタと手で顔を扇ぎながら店に入ってきた。

「トヨさん？　どうしたんですか、こんな時間に」

「もう暑くてやってらんないわ～、ビールちょうだい」

「いやいや、まだ参拝時間終わってないですよね？」

そうめんをすする手を止めて尋ねたけれど、トヨさんは扇風機の前にしゃがみ込んで「ああ涼しい」と顔面から風を受けている。

店の隅で休んでいたキュキュ丸たちは、突然の来訪者に驚いたように飛び跳ねていた。

「トヨさん、涼みに来ただけなんやったらビールは出さんで」

「ケチね、松之助は」

呆れた顔で声をかけた松之助さんにトヨさんは拗ねながら、いつものカウンター席へと腰かけた。かと思えば、私たちの手元を覗き込んでにやりと笑う。

「あら、いいもの食べてるじゃない」

おいしそうなものには目がないトヨさん、さすがである。

松之助さんは仕方なさそうに苦笑を浮かべつつ、もうひとつめんつゆの入った器を用意してトヨさんに渡す。

ズズズッとそうめんをすすりながら、「途中で邪魔して悪かったわね」と詫《わ》びているあたり、あまり悪びれていなそうだ。

「ところで、松之助と莉子はさっきまでなにを話していたの？」

今日も今日とてフリーダムなトヨさんに呆れつつ答える。

「そんな大した話はしてないですよ。小学生のときの夏休みの話です」

「夏休みねえ。このシーズンになるとみんなが参拝に来るから、私たちは毎日へとへとよ～」

観光スポットである伊勢神宮やおはらい町は、いつも人でいっぱいのイメージがあるけれど、土日になるとそれはすごい賑わいになる。夏休みや冬休みのシーズンはなおさらだ。小旅行にちょうどいいのか、各地から観光客が集まってくる。トヨさんたちにとっては繁忙期ともいえるだろう。

「松之助と莉子は、なにか思い出でもあるの？」

トヨさんからの質問に、私はう―んとうなった。

小学生の頃は両親がよくキャンプに連れていってくれたものだ。山や川で自然と触れ合って、家族みんなで星を見ながらアイスを食べるのが楽しかったことを覚えている。夜遅くに甘いものを食べても怒られないという特別感が好きだった。

平日は朝から近所の習字教室に行き、課題の字を書き終えてからも友だちとのおしゃべりに夢中で、『早く帰りなさい』と先生に叱られていた気がする。

しかし一番の思い出は、毎年苦しめられていた〝アレ〟だった。

「夏休みといえば宿題ですかね。遊ぶのが楽しくて後回しにしちゃって、いつもぎりぎりになって焦るタイプでした」

「宿題か。俺はもらった日にやってしまうタイプやったなあ」

「えっ、それすごくないですか」

なかなかやる気が出ない計算ドリルや漢字ドリルは、まあ明日やればいっかを繰り返し、最終日にちょこちょこ間違えたフリをしながら一番後ろのページについていた答えを写す作業をしていた。

そんな私からすれば、松之助さんはすごすぎる。

「まあ一緒に遊ぶような友だちもあんまおらんかったし、やることなかったでなあ」

「な、なんか哀愁が漂ってますね……」

思わぬところで、また過去の切ない記憶を掘り起こしてしまったようだ。申し訳なくて眉を下げた私にトヨさんが笑う。

「いいわねえ、なんか面白そうで」

「いや、宿題の話は別に楽しい思い出っていうわけではないんですけど」

どこで面白いと感じる場面があったのか分からないけれど、トヨさんは目を輝かせてこう宣言した。

「私も今から夏休みにしようかしら」

「……はい？」

さすがトヨさん。いつも私たちが予想もしない方向から爆弾を投げてくる。

「ちょっと暑すぎてやってらんないんだもの。みんなみたいに休んでも怒られないでしょ」

「いやいや、そんな勝手に決めちゃダメでしょ。困りますよ」

慌てて止めた私に、トヨさんはふてくされたように口を膨らます。

「ケチねえ、莉子。なんだか最近、松之助に似てきたんじゃない？」

「そ、そんなことはないと思いますけど……」

隣にいる松之助さんと顔を見合わせていれば、「ふたり揃って照れなくてもいいわよ」とトヨさんからため息交じりのツッコミが入った。

「……まあ、夏休みっていうのは冗談だけれど。休みになったところで、ここで飲む以外にやりたいこともないしねえ」

「じょ、冗談ですか」

なんとも心臓に悪い冗談だ。トヨさんなら本気でやりかねない。

「他の神様たちも一斉にお休みとかだったら、そこそこ楽しいだろうけれど」

ぐっと伸びをしたトヨさんの言葉に、確かになあと同意する。自分ひとりだけ休みになったところで、最初こそ喜んでゴロゴロしてもすぐに飽きてしまうだろう。

それこそ私も、昼間に働いている友だちのほうが圧倒的に多くて生活リズムも違うから、連絡をとるのをためらうこともある。友だちと休みや生活リズムが合うって、けっこう重要なことかもしれない。

そこまで考えて、はたと止まる。

「そういえば、ツキヨミさんって昼間はどんなことしてるんですかね？」

頭に浮かんだのは、ツキヨミさんこと『月読尊《つきよみのみこと》』だった。神様たちの中でも特に尊いとされている『三貴子《さんきし》』の一柱《ひとはしら》で、人見知りでちょっとクセが強めな、夜の神様である。

松之助さんとは昔から親交が深く、この店を始めるときにもいろいろとアドバイスをくれたツキヨミさんは、松之助さんにとって大切な存在なのだという。

夜の世界を司っているため、この店の営業時間中に姿を現すことはあまりない。いうなれば、他の神様たちと活動時間がズレている神様だ。

「それ、ちょっと興味あるわ。この前のお花見で軽く話したけれど、ツキヨミさんのことはそもそも私たちもあんまりよく知らないのよ」

トヨさんも腕を組む。長い付き合いの松之助さんなら知っているかも、と視線を向けてみると、苦笑いが返ってきた。

「それこそ、さっき言うとった小学生のときの夏休みとかは、ほぼ毎日おにぎり持ってツキヨミさんとこで遊んどったけどなあ。俺が働くようになってからは、なにしとるんか特に聞いてないわ」

「うーん、謎は深まるばかりですね」

何気なく口にした疑問だったけれど、だんだん気になってきた。

「それじゃあ、今から見に行きましょ」

「え？」

トヨさんの好奇心は、私の遥か上をいっていたようだ。いいことを思いついたとばかりにトヨさんはポンと手を叩いた。

「ツキヨミさんがなにをしているのか知りたいんでしょ？　実際に見て確かめるのがいいわよ」

「いや、確かめるっていっても、ツキヨミさんがどこにいるのか知らないのに……」

予想していなかった方向に話が進んでいる。軌道修正しようと呟いた私をよそに、トヨさんは両手を合わせて目を閉じた。きっと、ツキヨミさんの気配を探しているのだろう。

松之助さんの様子を窺うと、あちゃーとでもいうように額を押さえていた。

「五十鈴川《いすずがわ》のほうで反応があるわね」

パッと目を開けて嬉しそうに立ち上がったトヨさんを止めることなどできない。

「さあ、行くわよ」と張り切るトヨさんに、私は渋々従った。

店の外に出ると、容赦のない日差しが照りつける。ちりん、と控えめな風鈴の音に心ばかりの涼しさを感じるものの、それ以上の音量で鳴いているセミの声にかき消されてしまう。

「……ちょっと暑すぎません？」

「こっちよ、こっち！」

私の呟きなんてまるで聞こえていない。トヨさんはツキヨミさんの気配がするというほうへどんどん進んでいく。

八月の炎天下。髪の生え際にじわっとかいた汗を手の甲で拭《ぬぐ》う。夏休みのおはらい町は案の定、たくさんの観光客でごった返していた。

松之助さんは『仕込みがあるから』というもっともな理由をつけて、ひとり店に残っている。

生贄《いけにえ》のように私を差し出した松之助さんを恨めしく思いながらも、人混みに突っ込んでいくトヨさんを追いかけた。

「あ、いたいた。莉子、見つけたわよ」

トヨさんが立ち止まったのは、五十鈴川にかかる『新橋《しんばし》』の上だった。伊勢名物の『赤福《あかふく》』本店が近いこともあり、橋の上の人通りは多い。トヨさんと話していても周りから変な目で見られないよう、スマホを耳に当てて通話中のフリをしながら私はその隣に並んだ。

「ほら、あそこ」

トヨさんが見下ろしたのは、キラキラと太陽が反射する五十鈴川のほとり。雑草が青々と生い茂る草むらだった。

「あ、本当だ」

トヨさんの言った通り、そこにはツキヨミさんがいた。

見覚えのある黒い着物に黒いベール。そのベールの下には透き通るような白い肌に切れ長の目、スッと通った鼻筋や形のいい眉が隠れているのだけれど、こんな真夏に全身真っ黒なものだから、一見すると不審者みたいだ。地元の小学生と思われる子どもたちに交じって、なんだか奇妙な動きをしている。

それにしても、トヨさんの読みは正確だった。ツキヨミさんにGPSでも付いているのだろうか。神様の不思議な力にそこまで驚かなくなったあたり、私もだいぶ慣れてきたのだろう。

「……ところで、あれはなにをしているのかしら？」

橋の上からだとツキヨミさんの姿は小さく、状況まではよく分からない。トヨさんの言葉に「うーん」と首を傾げた。

「もう少し近くまで行ってみましょうか」

せっかくここまで来たのだ。どうせなら、ツキヨミさんが普段どんなことをして過ごしているのか見てみたい。

提案した私に、「そうしよ、そうしよ」とトヨさんもノリノリで同意する。

橋を渡りきって川沿いの道を少し進んでから階段を下りると、ツキヨミさんの声が聞こえてきた。

「えいっ、えいっ……あれ？　闇と暗黒の世界の支配者である我の手をすり抜けていくとは、バッタ、おぬしはもしや陰の使いなのか……？」

ツキヨミさんは不思議そうに自分の手の平を眺めている。そのすぐ近くで、小学生くらいの子どもたちが網とカゴを持って駆け回っていた。

「近くで見てもあんまり分からないわねえ」

トヨさんはそう言って首をひねるけれど、きっと、これはあれだ。

「多分……虫捕りですね」

「虫捕りってああいう動きになるの？　なんだか周りの子たちに比べて変じゃない？」

「しっ」

私たちが見ていると知ったら、ツキヨミさんは恥ずかしがるに違いない。ツキヨミさんや子どもたちの死角に移動して、私は歯に衣着せぬトヨさんに声のトーンを落とすよう伝える。

「よし、ならばもう一度、えいっ……あれ？　捕らえたと思ったのだが……」

ツキヨミさんは両手をパンッと叩いては、その手の中にバッタがいないことにキョトンとしていた。

「おーい、またデカいの捕れたで！」

そんな声が聞こえたかと思えば、ツキヨミさんのすぐ近くで男の子が虫捕り網を掲げている。

「え、ほんまに？」

「見せてや」

周りで虫捕りをしていた子たちが一斉に集まってきた。

「むむっ」

ツキヨミさんもその子が捕まえた虫が気になったのか、みんなと同じように近づいて、首を伸ばす。

「うおおおお！」

「すげぇ！」

「フン。なに、そのくらいの虫なら我の手にかかればすぐ捕まえられるからな。いいか、その程度で調子に乗るでないぞ」

わあっと盛り上がる子どもたちの中に、全身真っ黒で怪しげなツキヨミさん。みんなには見えていないからいいものの、正直かなり通報されそうな絵面だ。しかも謎に上から目線で偉そうにしている。

「我はそんな網など使わずとも、こう……。えいっ！」

そして、まだみんなは大きな虫を捕まえた子の近くでケラケラと笑っているのに、ツキヨミさんはまた両手で虫捕りを始めた。が、またも捕まえられなかったようで、

「あれ？　おかしいな。せめて一匹くらいは……」とブツブツ呟いている。

なんだかその全力で一生懸命な様子が可愛らしい。隣で見ていたトヨさんもクスッと笑っていた。

松之助さんが小学生の頃、ツキヨミさんとこんなふうに遊んでいたのだろうか。

周りの子たちに気づかれていないというのに、これだけ全力なわけだから、〝見える〟体質の松之助さんと遊ぶのはさぞ楽しかったことだろう。

友だちが少なかった松之助さんも、こんなに賑やかなツキヨミさんがいてくれたら、毎日飽きなかったに違いない。

松之助さんの幼少期に想いを馳《は》せながら、ツキヨミさんと子どもたちの様子を眺めていると、不意にそのうちのひとりが「俺、川入ってくるわ」と言いだした。

「えー、まじかいいなあ」

「俺も一緒に入るわ！」

そう同調して、ひとり、ふたりと靴下と靴を脱ぎ捨てていく。

確かに、この暑さだ。近くに冷たくて気持ちよさそうな川があったら、入りたくなる気持ちも分かる。実際に、ここから少し離れたところでは、川遊びをしている親子の姿もちらほらと見えた。

「なに？　禊《みそぎ》か？」

それまで虫捕りに必死だったツキヨミさんも、興味津々といった様子で子どもたちを追いかけていく。

「うわ、冷てえ！」

「あ、ちょっとこっちに水かけんなって！」

川に入った子たちがきゃっきゃと騒ぎ始めると「やっぱ俺も入る」「俺も」とみんなが靴を脱ぎだした。

「楽しそうねえ」

トヨさんも目を輝かせて、虫捕りから川遊びへと移行していく子どもたちを眺めている。

まだ一匹もバッタを捕まえていないツキヨミさんはどうするのかな、と見ていれば、そんなことはもう頭の中から消えていたようだ。

「そなたたちがみな川へ入るというのであれば、闇と暗黒の世界を司りしこの世の陰の支配者、ツキヨミも入ってやらないこともない」

完全に川遊びをする気満々のようだ。

仕方なさそうにグッと伸びをして、猛スピードで川へと走りだした。

「とうっ」

そのままの勢いで、川へ突っ込んでいく。

……かと思えば。

「あ」

――バッシャーン。

きっと、川の中の石で足を滑らせたのだろう。見事にツキヨミさんは転び、水しぶきが上がった。

「……おい、今なんか水しぶき上がらんかった？」

「え？　気のせいちゃう？」

横で遊んでいた子どもたちが、不思議そうな顔をしてツキヨミさんのほうを見ている。全身びしょびしょになったツキヨミさんは上半身を起こして、へらりと笑ってみせた。

「いやあ、なんのこれしき……ぶえっくしょん」

大きなくしゃみをしたツキヨミさん。その視線が不意に私たちのほうへと向いた。

「あら、ようやくこっちに気づいたわね」

「み、見つかりましたね」

私たちがいたことに驚いたようで、目を丸くしたツキヨミさんは次第に顔を赤くしていく。

「莉子、そなた、い、いつからそこに……」

「すみません」

こっそり見ていたのは悪かった。素直に謝った私に、ツキヨミさんは顔を真っ赤にして川の中で立ち上がる。ずぶ濡《ぬ》れのままドスドスと私たちのほうへと近寄ってきて、こうごまかした。

「は、……恥ずかしくなんてないからな！」

「はいはい。とりあえず、風邪ひく前に帰りましょうか」

「そうね。早いとこ着替えたほうがいいと思うわ」

私とトヨさんに促されて、ツキヨミさんは拗ねたように口をへの字に曲げた。


「相変わらずやなあ、ツキヨミさん」

全身びしょびしょのツキヨミさんを連れて店に戻ると、松之助さんは懐かしそうに出迎えた。汗だくの私たちには、氷の入った麦茶を渡してくれた。

ツキヨミさんは川で転んだのを私たちに見られていたのがよっぽど恥ずかしかったのだろう。「恥ずかしくないんだからな」と強調していた。

衣食住の神様であるトヨさんがどこからともなく出してきた着物に着替え、松之助さんから渡されたタオルで髪を拭いている。

「松之助さんが小さい頃も、ツキヨミさんはこんな感じだったんですか？」

よく冷えた麦茶を飲みながら尋ねた私に、松之助さんは頷いた。

「そやなあ。いっつも俺より楽しそうやったな」

「そんなことない」とツキヨミさんは激しく首を横に振るけれど、その姿はなんとなく想像がつく。

「いいわねえ、夏休みって。ツキヨミさんが子どもたちと遊んでるのを見てたら、やっぱり夏休みを経験してみたくなったわ」

「それは困りますって。っていうか、トヨさんはまだ参拝時間が終わってないんだから、そろそろ戻ってください」

「ええー」

つまらなそうに口をすぼめて、トヨさんはカウンター席で麦茶を飲んでいる。

店の中の鳩時計が指しているのは、午後二時。サボリに来たのは十二時頃だったから、お昼休憩にしてはちょっと長すぎる。

急かしてみるものの、トヨさんが動きだす気配はない。どうしようかと隣にいた松之助さんに視線を向ければ、困ったような笑みが返ってきた。

「私だって夏休みっぽいことしてみたいのに～」

「そう言われましても……」

拗ねたようにぶすっと下唇を突き出したトヨさん。そんなトヨさんを気の毒に思ったのか、ツキヨミさんが顔を上げた。

「松之助、夏休みっぽいことはこの店でできぬものなのか？」

ツキヨミさんの質問に、松之助さんは腕を組んで考え込む。

私も少し考えてみたけれど、この店でできる夏休みっぽいことって、なかなか思いつかない。そもそものお題がざっくりしているから、余計に難しく感じてしまう。

「……流しそうめんとか、どやろ」

しばらくして、松之助さんがそう呟いた。

「流しそうめん？」

トヨさんは「なにそれ」と首を傾げて、さっそく私のスマホで【#流しそうめん】と検索をかけていた。画像や動画が出てきたようで「わあ」と声が上がる。

「なっ、こ、これは楽しそうではないか！」

ツキヨミさんも興味津々といった様子で、食い入るようにスマホの画面を眺めている。ひょいと覗き込むと、そこには小学生くらいの子どもたちが並んで、そうめんが流れてくるのを待つ動画が表示されていた。

「これは竹でそうめんを流しているの？」

興奮した様子で尋ねるトヨさんに、松之助さんは頷く。

「そう。上のほうから流して、箸でキャッチして食べるんさ」

そうめんはさっきも食べたけれど、流しそうめんになるとイベント感もあって面白そうだ。夏休みっぽいことがしたいというトヨさんの要望も叶《かな》えられるし、竹さえ準備できれば涼しげで風情ある流しそうめんができるだろう。

「竹はどうするんですか？」

そうめんを流すとなると、けっこうな太さの竹が必要だと思う。

疑問を抱いた私に「あら」とトヨさんが口角を上げた。

「そんなの簡単よ。ちょうどいい神様が、この店の常連にいるじゃない」

「ちょうどいい神様……？」

私とツキヨミさんがぽかんと口を開ける中、松之助さんは心当たりがあったみたいで「協力してくれるといいけどなあ」と苦笑いを浮かべた。

「どうせ暇してるでしょ。私からも声かけておくわ」

「え、あの……」

「むむ？」

まったく話が見えていない私とツキヨミさんを放ったらかして、トヨさんはすっと席から立ち上がる。夏休みを経験したいと話していたけれど、どうやら流しそうめんをすることで気持ちに折り合いをつけたようだ。

「また夜に来るわね」

そう言ってトヨさんは、颯爽《さっそう》と社《やしろ》へと戻っていった。

「なぜだ」

夜七時。参拝時間が終わるとともに、むっすりとした顔で太く立派な竹を運んできたのは、おやっさんこと『大山祇神《おおやまつみのかみ》』だった。その隣には眷属《けんぞく》である大きな白い犬〝わたがし〟もいる。

「おやっさん、いらっしゃい」

「いらっしゃいませ。おやっさんが竹を持ってきてくれたんですね」

出迎えた松之助さんと私に、おやっさんはため息をついた。

「なぜ、俺がこのようなことを」

大柄で、立派な黒い髭《ひげ》をたくわえているおやっさんは、時折うちに来るお客さんで、山の神として知られている。竹もきっと近くの山から取ってきてくれたのだろう。

「おやっさんありがとね〜。ちなみにこんなふうに組み立てるのって得意かしら？」

不機嫌オーラを漂わせているおやっさんに、怖いもの知らずのトヨさんがスマホの画面を見せる。わたがしはふわふわの尻尾でごま吉と戯れていた。

「そのくらいたやすいことだが、なぜ俺が」

「さっすがおやっさんね！　ありがとう〜、お願いね」

「ちょ、ちょちょちょっと、それはあまりにも失礼な頼み方ではないか」

不満げなおやっさんを気にも留めずにお願いしたトヨさんを、ツキヨミさんが焦ったように止めている。

「というか、我はそろそろ闇と暗黒の世界を救いに行かねばならぬのだが……」

「いいじゃない、一日くらいサボっても。ほら、みんなで食べたほうが絶対おいしいわよ」

びしょ濡れになった着物が乾くまでこの店にいる予定だったツキヨミさんだが、乾いたのはつい先ほどのことだった。再度やってきたトヨさんに捕まり、完全に出ていくタイミングを逃している。

確かに流しそうめんは、みんなでわいわいやったほうが楽しいとは思うけれども。サボることに積極的なトヨさんと違って、わりと真面目なツキヨミさんは「いいのだろうか」と不安そうな表情を浮かべた。しかし流しそうめんにはとても興味があるようで、おやっさんの持っている立派な竹をチラチラと見ている。

「莉子、この竹でなにをするのだ」

二柱のやりとりを黙って聞いていたおやっさんが私に尋ねてきた。

「あ、すみません、説明もせずに。流しそうめんっていうのをやりたくてですね」

「流しそうめん、か」

聞いたことがあったのか、おやっさんは太い眉毛をピクリと上げる。竹を使うから、山の神であるおやっさんには少し馴染みがあるのかもしれない。

「フン。……設置するのは店の外でいいのか？」

おやっさんは仕方なさそうに鼻を鳴らしながら、松之助さんに確認するように視線を向ける。流しそうめんをするには店内は狭いし、水びたしになってしまうだろう。

「うん。組み立ててもらえる?」

松之助さんの問いかけに、おやっさんは目を伏せた。返事はなかったけれど、了承したようだ。

「あら、やってくれる気になったのねぇ」

「見てないで手伝え」

呑気なトヨさんに、おやっさんは呆れたようにため息をついた。

「そなたも、興味があるなら支えてくれ」

ツキヨミさんが様子を窺っていたことにも気づいていたらしい。おやっさんはぼそりと告げて、店の外へと出ていく。

「お、おう!」

呼ばれたツキヨミさんは、どこか嬉しそうにおやっさんの広い背中を追いかけていった。足が地につかない、という言葉がぴったり当てはまりそうだ。

「松之助さん、私も見に行ってきていいですか?」

「うん、頼むわ。あ、虫よけ持っていき」

松之助さんに声をかけて、私も虫よけスプレー片手に店の外へ出た。

空はまだ少し明るいけれど、太陽の姿は見えなくなっている。辺りには昼間の暑さがじんわりと残っていた。

「そこをしっかりと持っていろ」

おやっさんは鉈《なた》と金槌を持って指示を出す。どこから持ってきたのかと疑問を抱いたけれど、私はトヨさんとツキヨミさんと一緒に竹を支えた。

竹の中心に当てた鉈を、おやっさんはカンカンと金槌で叩く。

「ひっ、そ、そなた我に危害を加えるつもりか!?」

「おい、手を離すな。危ないだろ」

おやっさんがまったくためらわず鉈を入れていくため、先頭で竹を持っていたツキヨミさんが怯《おび》えていた。

「ちょっとツキヨミさん、重いんだけど。ビビってるの？」

「そんなことはない！」

トヨさんからのブーイングに必死に首を振って、ツキヨミさんはまた恐る恐る竹を支える。

その姿に「フン」と鼻を鳴らしたおやっさんは、再度竹を割っていった。

そうこうしている間にも、常連さんたちが続々と店に集まってくる。

「おお、なんか楽しそうなことしてんなあ。ここを持ったらいいか？」

「ありがとうございます。お願いします」

シナのおっちゃんも面白がって手伝ってくれる。お礼を言っていれば「もう割れる」とおやっさんが金槌を下に置いた。

「ええ？　どうやって？」

鉈は竹の半分も入っていない。ここからどう割るのか、トヨさんと一緒に首を傾げていると、おやっさんは割れた隙間に手を差し込み、そこからグッと持ち上げた。

パリパリッと真っぷたつに裂けた竹に、歓声が上がる。

「おおおお」

「竹ってこんなに綺麗に割れるものなんですね」

「見事だったわねえ」

感心している私とトヨさんをよそに、おやっさんは黙々と次の作業に移っていた。

竹の中に残っていた節を金槌で思い切り叩いて、あっという間に取り除く。

「素晴らしいな」

その鮮やかな手つきに、ツキヨミさんはキラキラと目を輝かせていた。

そうめんを流す竹は、これで完成だろう。あとはこの竹を斜めに置く台が必要だ。

「……わたがし」

「わっふ」

おやっさんに呼ばれて、眷属であるわたがしが隣に並んだ。おやっさんはわたがしのフサフサの毛の中に手を突っ込んで、ごそごそと動かす。撫《な》でているのかと思いきや、おやっさんはそこからなにかを取り出した。

「莉子」

「あ、はい」

返事をすると、紙やすりを渡された。ささくれ立っている竹の断面を磨いておけ、ということだろう。

しかし、これがわたがしの毛の中から出てくるとは驚きだ。鉈や金槌がどこにしまってあったのかも少し気になっていたけれど、わたがしが持っていたのかもしれない。

「もう一枚あるかしら？　私も一緒に磨くわ」

トヨさんの言葉に、おやっさんはまたわたがしをワシワシと撫でるようにして紙やすりを取り出す。びっくりしているのは私だけみたいで、トヨさんは平然と紙やすりを受け取った。

「それでは、我らは台の部分を作成するのだな？」

ソワソワしながら尋ねたツキヨミさんに、おやっさんは頷く。

「俺らもそっち手伝うぞ」

「はいよ」

常連のおっちゃんたちの協力もあり、私とトヨさんが竹を磨き終える頃には、竹を置く台もできあがっていた。

みんなで「せーの」と竹を載せて、流しそうめん台を完成させた。

「よし、そうめんも用意できたで」

大きなお鍋で大量のそうめんを茹でていた松之助さんが店の中から顔を出す。

「やっと来たわね。お腹空いちゃったわ」

待ってましたと言わんばかりに、トヨさんは一番高いところ——すなわち先頭を陣取った。

「むむっ、そなたずるいぞ。我こそ先頭に立つべきであろう」

「はいはい。じゃあ向かい側に並んどき」

頬を膨らませたツキヨミさんを松之助さんがたしなめる。

空はすっかり暗くなっていて、赤提灯の明かりがほんわりと辺りを照らしていた。

私はお客さんたちにめんつゆの入った器とお箸を配る。準備がすべて整ったところで、なんだなんだとキュキュ丸たちも様子を見にやってきた。

「それじゃあ、流していくに」

松之助さんの合図に、トヨさんが「おっけー」と嬉しそうに声を上げた。常連のおっちゃんたちは「ちょっと待て、これは箸でそうめんを取ればいいのか？」と確認し合っている。

そうこうしているうちに、そうめんがちょろちょろと流れてくる。最初の麺をゲットしたのは、流しそうめんを一番楽しみにしていたトヨさんだった。

「やった、取れたわ！」

「よかったなあ」

喜ぶトヨさんを見て、常連さんたちはほのぼのと笑っている。ツキヨミさんはソワソワと落ち着かない様子で、虫捕りのときと同じように奇妙なステップを踏んでいた。

「えいっ。……あれ、おかしいぞ」

「それじゃタイミングがずれるわよ。もっとこう、サッと取らないと」

ツキヨミさんの向かいで、トヨさんがそうめんを取る極意を教える。

「これはなかなか美味だ」

ツキヨミさんが取り損ねたそうめんは、不愛想な顔をしつつもちゃっかり参加しているおやっさんが食べていた。

「ツキヨミさん、もう一回流すでよく見ときや」

「うむ」

松之助さんの呼びかけにしっかりと頷いたツキヨミさんは「サッと取る、サッと取る……」とトヨさんの言葉をぶつぶつと繰り返している。

ゆっくりと流れてきた麺をじっと見て、自分の前に来た瞬間にサッとお箸を出す。

「あっ、取れた！」

何本か取り損ねたものの、今度こそ成功したツキヨミさんは、嬉しそうにパッと顔を上げた。

「よかったわねぇ」

「落とす前にはよ食べな」

松之助さんの言葉に、ツキヨミさんは素直に頷いてそうめんを口にする。ツルッルッとすすってもぐもぐと口を動かす姿は、とても満足げだ。

「なんか今日で、ツキヨミさんに対する印象がだいぶ変わったわ」

「どういうことだ？」

ぽつりと呟いたトヨさんに、ツキヨミさんは口を動かしたまま首を傾げる。

「だって今までは、ミステリアスで物静かな夜の神、松之助と仲がいい占いの神っていうイメージしかなかったもの」

「……その通りだと思うが？」

「どの口がそんなこと言ってるのよ」

ツキヨミさんは最初こそ謎めいた雰囲気を漂わせていたけれど、関わってみるとクセも強いし、表情がとても豊かだ。トヨさんがそうツッコミたくなる気持ちもよく分かる。

一方、ツキヨミさんは自分のイメージが崩れていっている自覚があまりないらしい。キャラ設定がブレブレなのもいいところだ。

「そういえば、ツキヨミさんって占いの神でもあるんでしたね」

ふと思い出して口にした私に、トヨさんが茶化すように笑いながら言った。

「とかいって、そんな感じで占いってできるものなの？　大丈夫？」

「そ、そんな感じとはどういうことだ。もちろんできるに決まっている」

ツキヨミさんはそう胸を張るけれど、今までの様子を見ていると、ちょっと疑いたくなるのも無理はない。

まあ、松之助さんがツキヨミさんの占いに信頼を置いているのは知っているから、きっと当たるんだろうなとは思っているけれど。

「じゃあ、試しに莉子を占ってみてよ」

「え!?」

トヨさんの口から突然出てきた自分の名前に驚く。

「私ですか？　トヨさんじゃなくて？」

「だって、私を占ってもらっても面白くないでしょ」

面白いとかそういう問題ではないような……。でも、神様が神様を占うというのもおかしな話だ。

私だって占いには興味がある。順位が出る星座占いは順位が悪かったときに落ち込むから見ないようにしているけれど、相性占いとか婚期占いとかはスマホの無料サイトで何度か調べたこともあるくらい。

ツキヨミさんに占ってもらえるんだとしたら、ぜひともお願いしたいところだ。

「莉子か。簡単でよければ占ってみよう」

「え、いいんですか」

まさかの展開に少し緊張しつつ、「手を貸して」と言うツキヨミさんに両手を差し出した。きゅっと指先を握られると、なんだか急にソワソワと落ち着かない気持ちになってくる。

「おーい、トヨさんツキヨミさん莉子ちゃん、流しそうめんはもういいのかい？」

常連のおっちゃんが、離脱しかけている私たちにそう声をかけた。トヨさんが「ちょっとこれだけ聞いてから戻るわ」と返事をする。

松之助さんの様子を窺うと、ばっちり目が合った。仕事サボっとんな、って怒られるかもしれないなあ。

「あ、あの、ツキヨミさん――」

やっぱりあとでもいいですか。そう遮ろうとしたとき、ツキヨミさんがすうっと瞳を閉じた。長い睫毛《まつげ》がくっきりと頬に影を作っている。

とても整った顔をしているツキヨミさんがそうするだけで、なんだか神秘的な空間ができあがったような感じがする。ツキヨミさんの甘くまろやかな香りに、全身が包まれたみたいだ。首から提げている勾玉《まがたま》がぽわっと一瞬光ったような気がした。

「……うーん」

しばらくして、ゆっくりと目を開けたツキヨミさんは、なにやら微妙な表情を浮かべていた。

「どうだったの？」

結果を急かすトヨさんに、ツキヨミさんは言葉を選ぶように宙を見る。それから意を決したように、私と視線を合わせて口を開いた。

「莉子は今、なかなかいい運気に乗っている……が」

「が？」

嬉しいような、その続きが気になるような、あんまり聞きたくないような。複雑な気持ちでツキヨミさんの言葉を待っていれば、「いや、……うん」とツキヨミさんはひとつ頷いた。

「……この先、少し気をつけたほうがいいかもしれぬ」

「え？」

思いがけない言葉に、首を傾げる。

一緒に話を聞いていたトヨさんが「それってどういうこと？」と尋ねた。

「人生の転換期が訪れる。……莉子の選択次第で、今後が大きく変わるだろう」

ツキヨミさんはやけに真剣な表情で私の顔を見つめていた。

「またまた〜、そんなこと言って。でも、ちょっとガチっぽかったわよ」

「いや、ガチだからな！」

面白そうに笑ったトヨさんに、ツキヨミさんは拗ねたように言い返している。

「はいはい。ほら、流しそうめんもう一回チャレンジしましょ。映える写真もいっぱい撮らないと」

さっきまでの真面目な空気はあっという間に消え去った。

「人生の転換期……本当かなあ」

半信半疑でそう呟いたものの、あの神秘的な空間は本物だったと思うし、なにより訴えかけるようなツキヨミさんの表情がとても印象に残った。

でも、もしその占いが当たるとしたら、私は今後どういう選択を迫られるのだろう。

うーん、と考え込んでいた私に「莉子、ちょっとこっち手伝って」と松之助さんから声がかかる。

「あ、はいっ」

やばい。サボっていた分、ちゃんと働かないと。

私は慌てて返事をして占いの結果を頭の隅に追いやり、松之助さんのもとへ走っていった。

四杯目　ただいま、おかえり、へんば餅

「もうすぐ神嘗祭がやってくるわねぇ」

九月下旬。稲穂の頭が垂れてきた今日この頃。もう何杯目かも分からないビールをグイッと飲み干して、トヨさんがぽつりと呟いた。

鳩時計は九時を指している。お客さんたちの注文の波も、一段落したところだった。座敷からはいつも通りのどんちゃん騒ぎが聞こえてきていた。

「もうそんな時季ですか」

トヨさんからジョッキを受け取りながらカレンダーに目を向ける。

神嘗祭は毎年十月の中旬に伊勢神宮の内宮と外宮で、三日間かけて執り行われる。その年の豊作を天照大御神に感謝するお祭りで、伊勢で一番重要だとされており、うちの常連さんたちも多く関わっているらしい。儀式が夜通し行われることもあり、みんなお昼に抜け出してきていたのが懐かしい。

昨年、初めて経験したあのお祭りが、あと三週間もしないうちにやってくると考えると、一年は本当にあっという間だ。

「今年もお昼に営業するの？」

過ぎゆく日々の速さに驚いていた私に、トヨさんは問いかけてきた。

「あーっと、どうですかね。多分するんじゃないかと思うんですけど……」

チラリと松之助さんを窺えば、ちょうど手が空いたところのようだった。「ん？」

と首を傾げて私たちの会話に加わる。

「神嘗祭の話です。お昼に営業するのかなって」

「ああ。好評やったみたいやし、俺らも対応できてたと思うし、今のところはそのつもりでおるに」

松之助さんの言葉を聞いて、トヨさんは「そう」と満足げに頷いた。

「一応またツキヨミさんにアドバイスもらってはみるけど」

「ツキヨミさん、ですか」

そうだ。昨年の神嘗祭のとき、時間を変更して営業したのはツキヨミさんから助言があったからだった。

ふと思い出しながら、冷えたジョッキにビールを注ぐ。「お待たせしました」と持っていくとトヨさんはすぐに口をつけた。

「そういえばツキヨミさんって、この店の開運アドバイザーみたいな感じなんだっけ？」

「うん。店を始めたときにもいろいろ相談に乗ってもらったな。机の配置とか、椅子の並べ方とか」

松之助さんの答えに、トヨさんは「風水みたいなものにも詳しいのねぇ」と愉快そうにしていた。

「おーい、こっち注文いいかい？」

「あ、はい！」

座敷のほうから聞こえた声に返事をして、トヨさんと松之助さんに小さく頭を下げる。カウンターから出て座敷へ行くと、顔を赤くしたシナのおっちゃんが手招きしていた。

「莉子ちゃん、黒みつプリン」

「えーっと、……もうふたつ食べてましたよね？」

「そこをなんとか！」

すでにお腹の中に入っているというのに、シナのおっちゃんは両手を合わせてせがんでくる。風日祈祭の前に行《おこな》ったダイエットの記憶は彼方へと飛んでいってしまったみたいだ。また来年の同じ頃、ヒーヒー言いながらダイエットに励むシナのおっちゃんの姿が目に浮かぶ。

「おばちゃんに怒られても知りませんからね」

ここで甘やかしてしまう私も悪いのだろうなと思いつつ、ため息交じりに返事をすれば、「さっすが莉子ちゃん」とシナのおっちゃんは上機嫌でみんなの輪の中に戻っていった。

「あ、ねえねえ莉子。なんか電話かかってきてるわよ」

そのままカウンターの中に入ろうとした私を、トヨさんが呼び止める。

手には私のスマホが握られていて、またいつの間に取られていたのだろうと呆れながら首を傾げた。

「誰からって出てますか？」

「〝お母さん〟って表示されてるけど」

画面を見せてきたトヨさんに、なんだお母さんか、と息を吐いた。

「あ〜、それじゃあ大丈夫です。またあとでかけ直すので」

冷蔵庫からシナのおっちゃんの大好物である黒みつプリンを取り出しながら、私は適当に言葉を返す。座敷へプリンを運ぼうと一歩を踏み出せば「でも」とトヨさんが口を開いた。

「もう三回も不在着信が入ってるわよ」

本当に大丈夫？　と首を傾げる。

「……え？」

お母さんとは週に一回はメッセージのやりとりをしている。電話がかかってくることもあるけれど、急な用事でもない限り、何度もかけてくることはない。

なんだか少し嫌な予感がした。

チラリと松之助さんを見ると「出たほうがいいんちゃう？」と心配そうに言う。

「ちょっと出てみます。ありがとうございます」

ブー、ブー、と震え続けているスマホをトヨさんから受け取って、通話ボタンを押した。

「もしもし」

『ああ、莉子。よかった、出てくれて』

電話の向こうでは、聞き慣れたお母さんの声が少し焦っているようだった。早口だし大きいし、周りに内容が聞こえてしまいそうだ。

座敷のおっちゃんたちの声もよく響いているけれど、松之助さんやトヨさんとはちょっと距離をとったほうがいいかもしれない。

軽く会釈をしながら店の奥、固定電話が置いてある辺りまで移動した。

『莉子、急で悪いんだけど、帰ってこれない？』

「え？」

店の賑わいから遠ざかったその場所で、『どうしたの』と私が聞くより先にお母さんがこう言った。

『お父さんが倒れたの』

――人生の転換期が訪れる。

不意に、ツキヨミさんの真剣な表情が脳裏に浮かんだ。

「……え？」

『ごめんね莉子、仕事で忙しいと思ったんだけど、お母さんもどうしていいか分からなくて』

電話の向こうで必死に冷静さを保とうとしているお母さんの声が聞こえる。私は状況を理解しようと脳を動かすものの、情報処理が追いつかない。

……お父さんが、倒れた。

予想していなかった事態に、頭の中が真っ白になった。

お母さんがまだなにか早口で話していたけれど、内容がまったく入ってこない。

ぼーっとして、クラクラして、スマホが手から滑り落ちそうになったところで我に返る。

「と、……とりあえずお母さん、そっちに帰るから落ち着いて」

私よりもパニックになっているであろうお母さんを不安にさせないよう、精一杯の言葉をしぼり出して電話を切った。

しばらく呆然《ぼうぜん》と立ち尽くす私に、松之助さんが「どしたん」と声をかけてくる。

振り向くと、トヨさんとシナのおっちゃんが心配そうに私の様子を窺っていた。

おっちゃんはなかなか出てこない黒みつプリンが心配だったのかもしれない。運びに行こうと手に持ったままだったプリンをひとまずおっちゃんに渡す。するとなんだかちょっと冷静になれた気がして、スマホを握った。

「お父さんが倒れたらしくて……」

「えっ、大変じゃない！」

電話している私の反応から、なにかよくないことが起こったというのは察していたみたいだけれど、少し想定外だったようだ。トヨさんが驚いたように声を上げた。

「あの、それで急なんですけど、ちょっと茨城の実家のほうに戻らせてもらってもいいですか？」

「こっちのことは気にしやんと、はよ帰り」

恐る恐る尋ねた私に、気遣うように眉を下げていた松之助さんが即答する。

大事そうに黒みつプリンを両手で持っているシナのおっちゃんも「いいに決まってんよ。早く行きな」と急かした。

私は頷いて「ありがとうございます」と声を絞り出して頭を下げた。

心臓がバクバクと音を立てている。今なにをすべきなのか、いろいろと頭を働かせるけれど、なかなか思いつかない。

とにかくお父さんは無事なのか、握りしめていたスマホでお母さんに容態を問うメッセージを送ろうとして……。

「莉子」

松之助さんの落ち着いた声で、はたと思い留まった。気づけば指先は小刻みに震えている。ごまかすように笑みを浮かべようとすれば、持っていたスマホをトヨさんにするりと抜き取られた。

「あ、ちょっとトヨさん……」

「茨城までの最短ルートは私が調べておいてあげるから」

ポン、と背中を叩かれる。冷静になりなさいと諭されているようで、グッと喉が詰まった。

「まずは荷物まとめといで」

松之助さんがそう促した。いつもより優しく聞こえたその声に、私はへにゃりと口の端を曲げた。

そうだ。焦っても仕方がない。私は私のすべきことをするしかない。

「……はい」

トヨさんと松之助さんの有無を言わさない表情に、私は深く頷いて二階の自室へと戻った。

結局、その日のうちに茨城まで行ける手段はなく、翌朝始発の電車で名古屋駅まで向かい、そこから新幹線に乗り換えて帰ることになった。

いつもは飲み散らかすお客さんたちも酔いつぶれるほど深酒はせず、夜中のうちにみんな自分の社へ戻っていった。気を使ってもらったみたいで申し訳なく思いつつも、とてもありがたかった。

「莉子、これ手土産に持ってき」

駅まで送ってくれた松之助さんが、そう言って紙袋を渡してくる。「ありがとうございます」とお礼を伝えて受け取った私に、松之助さんはコクリと頷いた。

「なんかあったらいつでも連絡して」

「はい」

そうします、と返事をして、私はとりあえず二日分の着替えを詰めたキャリーバッグを持って改札を通った。

すでに停車していた電車に乗り込んで、発車を待つ。スマホを確認するけれど、お母さんから新しいメッセージは来ていなくて、もどかしい気持ちになった。

私がいくら急いでも到着時刻は変わらないというのに、今回ばかりは茨城までの距離がとてももじれったかった。

——お父さんは、元気な人だった。

もうすぐ還暦を迎えるというのに、家から車で三十分のところにある職場まで、毎日自転車で往復していた。フルマラソンも何度か完走していて、得意げに証書を見せてきたものだ。

興味のあることには片っ端からチャレンジする人で、最近になってスペイン語を勉強しているのだとも話していた。

どこへ行くにもカメラを持っていって写真を撮りまくるため、思春期には少しうんざりしたのを覚えている。日曜大工も趣味で、小学生のときの私の勉強机はお父さんの手作りだった。

タバコもパチンコもやらない、まるで仙人のようだとお母さんはよく茶化していた。

二年前、私がたったの三ヵ月で会社を辞めたときには『気晴らしにドライブでも行くか』と声をかけてくれた。そのときの私は、そうやって気遣われるのすらいたたまれなくて、多分とてもそっけない態度で断ったと記憶している。

あのとき、お父さんはどんな顔をしていたっけな。

その後、ひょんなことから居酒屋お伊勢への就職が決まったときには、率先して引っ越しを手伝ってくれた。たまに実家へ帰ると駅まで車で迎えに来てくれたし、私のために高いアイスを買って冷凍庫に入れてくれていた。

私の帰省を楽しみにしているんだろうなあって、嬉しいような照れくさいような気持ちでいたけれど……そういえば私、このお盆も帰らなかったな。

今になってそんなことを思い出して、深いため息が出た。

お父さんは大丈夫だろうか。お母さんは心細く思っていないだろうか。

ガタンゴトンと動きだした赤い電車の中から、移りゆく景色をぼんやりと眺めた。


「おう、莉子、おかえりい」

電車と新幹線に揺られること約五時間半。終始急ぎ足で実家へ向かった私を出迎えたのは、倒れたはずのお父さんだった。

「……は？」

松之助さんが持たせてくれた手土産の紙袋が、ストンと手から落ちる。

呆気にとられる私に、リビングからパタパタと出てきたのはお母さんだ。

「おかえり莉子。ごめんねえ、忙しかっただろうに電話しちゃって」

「いや、それはいいんだけど……え、お父さん倒れたんじゃないの？」

お父さんはスペイン語のテキストを片手にピンピンしている。

事態がいまいち飲み込めずに困惑していると、お父さんは呑気に笑いながらこう言った。

「いやあ、ちょっと飲みすぎて、玄関で寝ちゃってたんだよ。それを見た母さんが早とちりしたみたいでな」

「……早とちり？」

まさかすぎる言葉に、ぽかんと口が開く。そのままお母さんに視線を向ければ、申し訳なさそうに眉を下げつつも少し不機嫌そうな表情を浮かべていた。

「だって、うつ伏せだったのよ？　そんなのびっくりするなってほうが無理な話でしょ」

つまり、私はお母さんの勘違いで片道五時間半、一万五千円超をかけて呼び戻されたということか。

「なにそれ、びっくりさせないでよ……」

なんだかとてつもなく拍子抜けした気持ちになりながらボソボソと口をとがらせていれば、「ごめんって」と平謝りされる。

「ていうか、酔ってただけだって分かった時点で連絡くれたらよかったのに」

「確かにそうねぇ」

すっかり忘れてた、とのんびり呟いたお母さんにガクッと肩を落とす。もはや怒る気力も残っていなかった。

心配して損した。ついさっきまで不安な気持ちになっていたのがバカみたいだ。それよりも、自分のことのように心配してくれていた松之助さんたちに、この事実をどう伝えよう。帰りの新幹線は何時だろうか。

「でも、ラッキーだったなあ。久しぶりに莉子の顔見られたし」

「え？」

緊張の糸が切れてこれからのことを考えていた私に、不意にお父さんが呟いた。顔を上げると、ほくほくと嬉しそうな表情を浮かべている。

言われてみれば、ゴールデンウィークもお盆も帰らなかったから、お正月以来の実家だ。お父さんが倒れたと聞いて最悪の事態を想像していたときには、あまり帰省しなかったことを後悔していたというのに、もう店に戻ろうとする私も薄情なものだ。

「莉子の好きなマカダミアのアイス、買ってこなきゃなあ」

「コンビニ行くんだったら、ついでにパンもいくつか買ってきて」

玄関で立ち尽くす私を押しのけて靴を履いたお父さんは、おつかいを頼んだお母さんに「はいはい」と返事をして颯爽と出かけていく。

「ほら莉子も、とりあえず上がりなさい」

「あ、うん、でも……」

「せっかく帰ってきたわけだし、お父さんもあんな感じだし、少しゆっくりしていったら？」

私の迷いを見抜いていたのか、お母さんはそう言ってにこりと笑みを浮かべた。

確かに、お父さんが倒れたというのは大げさな話だったけれど、ここまで来るのにかかった時間より、実家に滞在する時間のほうが短いのはもったいない気がする。それに、あんなに喜んでいるお父さんを置いて伊勢に戻るのもちょっと心苦しい。

「……お店に聞いてみる」

ぽつりと答えた私に、お母さんは「そうしてみて」と頷いた。

手土産の紙袋を拾い上げる。お母さんに渡そうとすれば、もう先にリビングのほうへと消えていたため、靴を脱いで、手土産とキャリーバッグはひとまず二階にある自分の部屋へと運んだ。

私が実家を出てからも、家具やクローゼットの中身は住んでいた当時のままだ。泊まるときはいつも、この部屋のベッドで寝ている。隅々まで掃除が行き届いており、自分で片付けていた頃よりも快適に過ごすことができる。

お父さん手作りの勉強机は、ベッドと反対側の壁を向いている。机の上には小学生のときにおばあちゃんからもらったピンクのブタの貯金箱が置いてあり、今も引きつった笑顔を浮かべていた。

ふうと椅子に座ってひと息ついてから、私はスマホを取り出して連絡先を表示する。よく使う項目のところに入っている【松之助さん】を押して、耳に当てた。

『もしもし、莉子？』

プルルル、と一回目の呼び出し音が鳴り終わる前に電話に出た松之助さん。もしかしたら連絡を待ってくれていたのかな、と少し嬉しく思いながら「もしもし」と返事をした。

『そろそろ着いた頃かなと思っとったんさ。お父さんの容態は?』

「あの、そのことなんですけど――」

やっぱり気にかけてくれていたみたいで、心配そうに尋ねてきた松之助さんに先ほどの一部始終を説明する。

「――というわけで、父はピンピンしています。ご心配をおかけしてすみませんでした」

『そっか。よかったなあ』

松之助さんは、電話の向こうでホッと息を吐いた。

『せっかくやし、一週間くらいゆっくりしといで』

少しお休みをもらってもいいか私が聞くより先に、そんな言葉が届く。

「えっ、いやいや、そんなに長いお休みはいただかなくても……」

急だったし、着替えも二日分しか持ってきていない。なにより、松之助さんひとりにお店を回してもらうのが申し訳ない。

遠慮した私の耳に『にゃいにゃーい』とごま吉の鳴き声が聞こえた。

『ごま吉が張り切っとるし、キュキュ丸たちも家族は大切にしろって言っとるし。こういうときくらい休んでもらわな』

そうか。松之助さんひとりではなくて、ごま吉もキュキュ丸もあのお店にはいるんだ。

頼もしい同僚たちを思い出して、ふっと肩の力が抜ける。

特にキュキュ丸は、松之助さんが実家に帰らないと駄々をこねていたときに怒って仕事を放棄していたくらい、とても家族想いの神様だ。私がすぐ店に戻ったら、口をきいてくれなくなるかもしれない。

「ありがとうございます。それじゃあ、少しお休みをください」

『うん。ゆっくりしてきて』

素直にお礼を伝えた私に、満足げな松之助さんの声が返ってくる。

「じゃあ――」

『あ、莉子』

そのまま電話を切ろうとすれば、呼び止められた。どうしたのだろうと不思議に思いつつ「はい？」と続きを促す。

しかし松之助さんはそこから歯切れ悪く『あー』だの『うー』だの言いながら言葉を選んでいるようだった。

『いや、あのさ。……もう手土産って見た？』

「手土産ですか？　まだです、このあとお母さんに渡そうと思っていて」

先ほど渡し損ねた紙袋を見て聞き返す。そういえば中身を確認してなかった、とようやく包装紙に包まれた箱を取り出せば、【へんば餅】と書かれていた。

「へんば餅？　これも伊勢の名物なんですか？」

あまり聞いたことのない、声に出してみるとなんだか面白い名前だ。松之助さんに問いかけると『うん』と返ってくる。

その後、いつものように〝へんば餅〟についての説明をしてくれるのだろうと踏んで、私は完全に聞く態勢で待っていたものの……松之助さんのうんちくタイムはなかなか始まらない。

伊勢の食べ物に詳しい松之助さんにしては珍しい。

「え、えーっと……へんば餅がどうかしましたか？」

沈黙に耐えかねて尋ねた私に、松之助さんはまた『あー』とごにょごにょしている。

『いや、……なんでもない。消費期限がわりと早いでさ、大丈夫かなと』

「なるほど。そうでしたか」

納得したように頷いてみたけれど、なんだか煮え切らない。消費期限を伝えるためだけに松之助さんが話題にしたとはあまり思えない。

でも、それをわざわざ追求するのもなあ、と悩んでいたところ、「ただいまあ」と玄関のほうでお父さんの大きな声がした。

松之助さんにも聞こえていたらしく『そろそろ切るわな』とそそくさと電話を切られた。

やっぱり松之助さんらしくない。

どこか引っかかったものの、リビングのほうからお母さんが私を呼ぶ声がしたため、考えるのはいったんやめることにした。

手土産の〝へんば餅〟を持ってリビングへ行くと、コンビニから戻ってきたお父さんがいそいそと冷凍庫にアイスを入れている最中だった。

「お母さん、これお店の人が持たせてくれた」

「あら、ご丁寧に。お礼伝えといてね」

紙袋ごと渡せば、お母さんは中を見て「お茶でも淹《い》れて、さっそくいただきましょ」と顔を綻《ほころ》ばせた。

時計を見れば十一時半。もうすぐお昼ごはんという時間だけれど、お母さんがいいと言うならいいのだろう。

さっそく箱を開けると、白くて丸い形のお餅がずらりと並んでいた。茶色い焼き目がついていて、五個ずつ小分け包装されている。そのうちのひとつを開けてお皿に載せていると、向かいの席にお父さんが座った。

「伊勢の名物か。おいしそうだな」

「うん。いろいろと伊勢のものは食べさせてもらったけど、これは私も初めてなんだ」

「二年近くそっちにいても、知らない食べ物ってあるのねえ」

湯呑《の》みを三つ持ってきたお母さんにお礼を言って、お茶を受け取る。「いただきます」と三人揃って手を合わせ、私はへんば餅に手を伸ばした。

お餅の表面はつるっとしていて、手で掴んでも粘つく感じがない。ぱくりとひと口かじってみると、もっちりしたお餅の中からこしあんが出てきた。上品な餡《あん》とお餅の素朴な甘さが絶妙で、焼き目が香ばしい。

「うまいなあ、これ」

私より先に感想を口にしたのはお父さんだった。

「そうねえ。甘さも控えめで、ちょうどいいわね」

お母さんも満足そうにしている。

伊勢の名物をふたりがパクパクと食べている。私が褒められたわけでもないのに、お父さんとお母さんの反応がなんだか自分のことのように嬉しい。そうでしょう、伊勢の食べ物っておいしいんだよ、と自慢したくなった。

「ああ、そうだ莉子」

「ん？」

誇らしく思いながら二個目のへんば餅を食べていた私に、お父さんは不意に思い出したように声を上げた。

「莉子にいい話があるんだよ」

「いい話って？」

首を傾げた私に、お父さんは少し真剣な表情を浮かべてこう言った。

「父さんの知り合いが経営している会社で、今正社員を募集しているらしくてな」

「……え？」

「ほら、莉子が最初の会社を辞めて就活してたときに、その人にちょっと話してたんだ。そのことを覚えていたみたいで、よかったら受けに来ないかってお誘いがあってな」

ぴたりと手が止まった。予想していなかった話に思考がフリーズする。

「莉子が二回目の就活をしてたのなんて、もう二年も前のことなのに声をかけてくれたんだ。父さん、ありがたいなあと思ってな。朝九時から夕方五時までの週休二日制でボーナスも出るらしいぞ。母さん、資料どこ置いたっけ？」

「はいはい、これでしょ」

お母さんが会社の資料をポンと置いた。どうやらその知り合いの会社というのは建設会社で、事務を募集しているのだそうだ。

「でも、私は……」

就活をしていたのはだいぶ前の話。今はもう困っているわけじゃない。

そう伝えようと口を開いたけれど、お父さんは眉を下げた。

「莉子が今のところで不満なく働いているのは想像できるんだけど。やっぱり伊勢となると遠いし、父さんとしてはもう少し近いところにいてくれると嬉しいかなあ。飲食系がいいなら、探せばこの辺にもありそうだし」

お父さんの気持ちはよく分かる。

伊勢から茨城まで片道五時間半。今回はなにもなかったけれど、家族の誰かが大変なことになったとき、すぐに駆けつけられないのはもどかしい。

お父さんはもうすぐ還暦、お母さんもそれに近い年齢で、いつなにが起きてもおかしくはない。

寂しげに笑ったお父さんに続いて、お母さんもこう問いかけてくる。

「今働いているところって、別に莉子が志望していた業種ではないでしょう？　それが悪いとは言わないけれど、せっかくなら受けてみるのもいいんじゃない？」

確かにその通りだ。

私が今、居酒屋お伊勢で働いているのは、本当に〝ひょんなことから〟というひとことで言い尽くせる。そもそも志望していたのはサービス業ではなく、金融やメーカーの一般職だった。落ち続けた挙句、伊勢神宮で神頼みをしたことがきっかけで、トヨさんに呼んでもらったのだ。

あのとき、一社でも内定をもらっていたら私は伊勢まで行かなかっただろう。家族に気遣われているのを居心地悪く感じていなかったら、お参りしてすぐ家に帰っていたはず。何度も見た〝お祈りメール〟の文面に心が萎れていなければ、トヨさんの呼びかけにも応じなかったに違いない。

いろんな偶然が重なって、神様たちの集まる居酒屋お伊勢に行き着いた。そこに自分の意思はなかった。両親が面接を勧めてくるのも、無理はない。

だけど、「急がなくてもいいから」という両親の言葉に私は頷くことも断ることもできずにいた。

「はあ、なるほど。第三者としては莉子パパの気持ちも莉子ママの気持ちも、すごい分かるけどねえ」

翌日、パスタをフォークに巻きつけながら、大学時代の友人である葉月は言った。

都内のお昼時のカフェは休日ということもあり、若者たちであふれている。店内には色とりどりの植物が飾られ、大きく開放的な窓からは明るい光が差し込んでいた。

このカフェは葉月の職場から近く、たまにお昼休憩でも来ているらしい。お洒落《しゃれ》なピアノ曲が場の雰囲気を静かに飾っていた。

「……だよね」

ため息をつくように呟いた私に、もぐもぐとパスタを食べて葉月は言葉を続けた。

「周りと生活リズムが合わないし、っていうか莉子全然帰ってこないし。ちょくちょく電話してたから久しぶり感あんまりないけど、私らだって会うの二年ぶりとかだよ？　そりゃ、こっちでおいしい話があるんだったら受けてみなってなるわ」

自分ひとりで考えるには時間がかかりそうだったから、とにかく話を聞いてもらいたくて相談してみたけれど、葉月の意見はごもっともだった。

二年ぶりに会った葉月は、黒いノースリーブのトップスに最近流行《はや》りのシルエットのデニムを合わせている。長い髪はゆるく巻かれ、なんだかグッと大人びて、垢抜《あか》けたOLさんという雰囲気になっていた。

「まあ、インスタとか見てる限り、莉子は莉子で向こうの生活を楽しんでるんだろうなとは思ってたけど」

「インスタ……あ、あーね」

あまり触っていないはずのSNSに一瞬ピンとこなかったけれど、私のアカウントはトヨさんに乗っ取られている。事あるごとに【#伊勢神宮】というタグや位置情報もつけて投稿しているから、伊勢のいいところアピールをするアカウントのようになっていた。

この前の風の市や花火大会の様子も私が知らない間にアップされていたし、トヨさんのSNSに対する熱はまだ冷めていないようだ。

真剣な表情で写真を加工するトヨさんを思い出して、フッと笑いそうになった。

「ねえ、その莉子パパの知り合いの会社、なんていう名前なんだっけ？　口コミとかもう調べた？」

「あ、ううん。そういえばまだだった」

スマホを取り出した葉月に、お父さんから教えてもらった名前を伝える。さっそく検索をかけながら、葉月は「なんか思い出すなあ」と呟いた。

「私もちょうど一年くらい前に転職サイトに登録したんだけど。あれ、この話ってしたっけ？」

「ああ！　そういえばそんなことも話してたね。新しい課長とあんまり合わなかったとか、頼りにしてた先輩が異動しちゃったとか、聞いた気がする」

「そうそう。結局、転職に踏み切るような出来事もなかったから、なんだかんだズルズルと今の会社にいるんだけど。あの時期はいろんな企業の口コミとか掲示板とか調べてたなあと思って。……あ、出てきた」

パスタのお皿を少しどかして、私にも画面が見えるようにテーブルの真ん中にスマホを置いた葉月は、すいすいとスクロールしていく。

「うーん、まあボロクソな口コミはそんなにないね。少なくとも、莉子が最初に働いていた会社より悪くはないか」

「あそこよりブラックなところあったら教えてほしいくらいだよ……」

押しつぶされそうだった当時の気持ちを思い出して、苦い顔をした。あの会社と比べたら大体どこも優良企業になるだろう。

うんざりとした私を見て、葉月は「そうやって言えるくらい吹っ切れたならよかったよ」とケラケラ笑った。

「辞めたとき、罪悪感からか知らないけど、莉子はやたら自分のことを責めてた感じがあったから。会社の悪口を言えるほどあの頃を客観視できるようになったんだね。なんかちょっと安心した」

「え、私そんな感じだった？」

葉月がそんなふうに思っていたとは知らなかった。驚いて聞き返した私に「だからみんな腫れ物に触るみたいにしてたんでしょ」と葉月はあっけからんと口にした。

なるほど。自覚はあまりなかったけれど、どうやら私は負のオーラをまき散らしていたみたいだ。

自分の知らなかった事実に軽くショックを受けていれば、葉月は面白そうに私を見た。

愛読者カード

**お買い上げいただき、ありがとうございました！
今後の編集の参考にさせていただきますので、
下記の設問にお答えいただければ幸いです。よろしくお願いいたします。**

本書のタイトル（　　　　　　　　　　　　　　　　　　　　　　　　）

ご購入の理由は？　1. 内容に興味がある　2. タイトルにひかれた　3. カバー(装丁)が好き　4. 帯(表紙に巻いてある言葉)にひかれた　5. 本の巻末広告を見て　6. 小説サイト「野いちご」「Berry's Cafe」を見て　7. 知人からの口コミ　8. 雑誌・紹介記事をみて　9. 本でしか読めない番外編や追加エピソードがある　10. 著者のファンだから　11. あらすじを見て　12. その他

本書を読んだ感想は？　1. とても満足　2. 満足　3. ふつう　4. 不満

本書の作品を小説サイト「野いちご」「Berry's Cafe」で読んだことがありますか？
1.「野いちご」で読んだ　2.「Berry's Cafe」で読んだ　3. 読んだことがない　4.「野いちご」「Berry's Cafe」を知らない

上の質問で、1または2と答えた人に質問です。「野いちご」「Berry's Cafe」で読んだことのある作品を、本でもご購入された理由は？　1. また読み返したいから　2.いつでも読めるように手元においておきたいから　3. カバー(装丁)が良かったから　4. 著者のファンだから　5. その他（　　　　　　　　　　　　　　　　　　　　）

1カ月に何冊くらい小説を本で買いますか？　1. 1～2冊買う　2. 3冊以上買う　3. 不定期で時々買う　4. 昔はよく買っていたが今はめったに買わない　5. 今回はじめて買った

本を選ぶときに参考にするものは？　1. 友達からの口コミ　2. 書店で見て　3. ホームページ　4. 雑誌　5. テレビ　6. その他（　　　　　　　　　　　　　　　　　）

スマホ、ケータイは持ってますか？
1. スマホを持っている　2. ガラケーを持っている　3. 持っていない

ご意見・ご感想をお聞かせください。

文庫化希望の作品があったら教えて下さい。

生活の中で、興味関心のあること、悩みごとなどあれば、教えてください。

いただいたご意見を本の帯または新聞・雑誌・インターネット等の広告に使用させていただいてもよろしいですか？　1. よい　2. 匿名ならOK　3. 不可

ご協力、ありがとうございました！

お手数ですが
切手をおはり
ください。

郵便はがき

104-0031

東京都中央区京橋1-3-1
八重洲口大栄ビル7階

スターツ出版(株)　書籍編集部
愛読者アンケート係

(フリガナ)
氏　名

住　所　〒

TEL　　**携帯／PHS**

E-Mailアドレス

年齢　　**性別**

職業
1. 学生(小・中・高・大学(院)・専門学校)　2. 会社員・公務員
3. 会社・団体役員　4.パート・アルバイト　5. 自営業
6. 自由業（　　　　）7. 主婦　8. 無職
9. その他（　　　　）

今後、小社から新刊等の各種ご案内やアンケートのお願いをお送りしてもよろしいですか？
1. はい　2. いいえ　3. すでに届いている

※お手数ですが裏面もご記入ください。

お客様の情報を統計調査データとして使用するために利用させていただきます。
また頂いた個人情報に弊社からのお知らせをお送りさせて頂く場合があります。
個人情報保護管理責任者：スターツ出版株式会社 販売部 部長
連絡先：TEL 03-6202-0311

「莉子がそういう顔できるようになったのって、今の職場が合ってるからなのかもね」

「へ……」

葉月は何気なく口にしたんだろうけれど、それは予想外の言葉だった。

「あ、面接受けるんだったら企業理念とかも見ておいたほうがいいよね」

私の動きが止まっていることに気づいていない葉月は、綺麗にネイルの施された人差し指でスマホを操作している。お父さんが紹介してくれた会社のホームページを開いて、その中にあった【企業理念】という文字を押す。

表示された文章を目で追いながらも、頭の中にはいつかの松之助さんの言葉が響いていた。

『神様たちにも、だらだらできる場所を作りたいと思ったんよな』

二度にわたる就活で、いろんな企業の創始者の言葉を見てきた。どんな企業にも土台となる理念があるのは分かっていたけれど、松之助さんの想いが私にはとても新鮮で、そして魅力的だった。

『神様たちが人間みたいに悩んだり疲れたりしとるのを、ずっと見とったでさ。背負っとる肩書きとかを全部取っ払って、ひと息つけるような居場所があったらいいなと思って』

神様が〝見える〟体質の松之助さんだからこそ出てきたこの想いに、心が大きく揺さぶられたのだ。

店に集まる神様たちはみんな、呆れてしまうくらい飲むし、食べるし、騒がしい。でもそれは、松之助さんが築いてきたあの場所で肩の力を抜いて過ごすことができているからだ。

あの場所に流れている空気や温かさが私は大好きで、あの場所を作った松之助さんと一緒に働けているということが、今の私の誇りだ。

「……葉月」

「んー？」

ぽつりと呼んだ私に、葉月は顔を上げる。バサッとマツエクのついている目が私を見た。

都会のＯＬに憧れがないわけじゃない。流行りのファッションも、キラキラと綺麗なネイルも、お洒落なカフェランチも大好きだ。でも、それ以上に魅力的なものに出会ってしまった。

「やっぱり私、今の店で働きたい」

突然宣言した私に、葉月がぱちりとまばたきをした。

「実家から遠いけど、みんなと生活リズムは合わないけど、それでもいい」

大切なあの場所を、これからも松之助さんと守っていきたい。

ぽかんと口を開けていた葉月はしばらくして、スマホに表示されていた企業理念のページを閉じた。そして、また面白そうに笑った。

「なんか莉子、楽しそうだね」

そうかな、と言いつつも自覚はあった。自然と口角が上がる。自分の気持ちがはっきりとして、とても清々しい気分だった。

気を取り直すように、食べかけだったパスタをフォークに巻きつける。食べごろを過ぎたパスタは、少しのびていた。

「ところで、この〝へんば餅〟って私ももらっていいの？」

「あ、うん。消費期限が今日までなんだけど、我が家だけだと食べきれなそうで。同《どう》棲《せい》始めたんだよね？　よかったらふたりで食べて」

葉月は学生のときから付き合っていた彼氏とついに同棲を始めたらしい。いよいよ〝結婚〟というワードが現実的に感じられる年齢になってきたことにちょっと衝撃を受けつつも、平静を装って頷いた。

「箱もない状態でごめんなんだけど」

「全然いい。彼、甘党だから喜ぶと思うわ、ありがとう」

そう言って受け取った葉月は、まじまじとへんば餅を見た。

「それにしても、伊勢っていろんな名物があるんだね。赤福しか聞いたことなかった」

「へんば餅は私も知らなかったんだけど、お世話になってる人が持たせてくれて」

「ああ、あのひとつ屋根の下の？」

「呼び方、それ以外にないの？」

ピンと来たように聞いてくる葉月に強めのツッコミを入れつつも首を縦に振る。ニヤニヤと茶化すような葉月から目を逸らしていれば、意地の悪い笑い声が聞こえた。

「でも、へんば餅って面白い名前だね。なんでこういう名前なんだろう」

冷やかすような視線を無視してパスタを頬張る私に、葉月はぽつりと呟いた。それは私も抱いた感想だったため、同意の気持ちを込めて顔を上げる。

葉月はテーブルの上に置いたままだったスマホを手に取り、へんば餅の名前の由来を検索しているみたいだ。

「ああ、返す馬って書いて〝へんば〟って読むのね。昔の人たちがこのお餅を売っている茶屋で馬を返したことから、そう呼ばれるようになったんだって」

「馬を返すって？　その店で馬の貸し借りでもしてたの？　レンタカー屋さんみたいな感じ？」

疑問をそのまま口にすれば、「いやそれ私が聞きたいわ」と葉月からツッコミが入った。確かにその通りだ。どちらかというと伊勢に詳しいのは私のほうだろう。松之助さんにはいつも詳しく説明してもらえるから、つい質問攻めにしてしまった。

「あー、レンタカーっていうより、コインパーキングくらいのイメージかもね」

「コインパーキング？」

ひとりで反省していた私に、葉月はスマホを見ながら呟く。

「昔はお伊勢参りするのに、この茶屋より向こうは徒歩じゃないとダメだったっぽい。だからここで馬を預けたり、返したりしてたんだって」

「ふーん」

そうなんだ、と相槌を打っていれば、葉月はなにやら考え込むように腕を組んだ。なにか気になることでもあったのだろうか。私が首を傾げていると、ゆっくりと葉月は口を開いた。

「深読みかもしれないけどさあ、これ、莉子が戻ってきますようにって願掛けがされている気がするんだけど」

「……どういうこと？」

突拍子もない発言に、眉間に皺を寄せて聞き返す。

「いや、伊勢のお土産といえば赤福のほうが有名だと思うのね。そこをあえてへんば餅っていうのがなんか引っかかるのよ。日持ちも値段も一緒くらいだから、なおさらね。馬を返すっていうのにかけて、莉子に戻っておいでって気持ちが込めてあったり……しない？　どう？」

「えええ？」

葉月は名推理だと言わんばかりのドヤ顔をしている。

確かにいつもの松之助さんなら、手土産には消費期限の長い佃煮《つくだに》や乾物を持たせてくれそうだとは思う。でも茨城に帰ることになったのも急だったし、そこまで考える余裕はなかったのではないだろうか。さすがに葉月のこじつけのような気がするなあ。

そう予想しつつ、ふと昨日の電話を思い出した。

そういえば、松之助さんはへんば餅を気にしているような様子があった。もし葉月の推理が当たっていてあの態度だったんだとしたら、納得がいくような気もする。いや、でも……。

「もしこれが当たってたら、その人にとって莉子はだいぶ必要とされてるってことじゃない？」

いろいろと考えて百面相をしていた私を面白がるようにつついて、葉月はニヤニヤと笑った。

「お父さん、せっかく紹介してもらったのにごめんね」

一週間後。最寄りの駅まで送ってもらい、キャリーバッグを持って改めて謝った私に、お父さんは「気にしなくていいから」と言った。

　葉月とランチをした日、帰ってすぐに自分の気持ちを伝えたところ、最初こそ寂しそうな顔をしたものの、両親はわりとすんなり理解してくれた。ただ、私が全然戻らなかったから不安にさせていた部分もあったことは自覚したため、もう少し頻繁に連絡して帰省もする約束をした。

「莉子が仕事を楽しめているんだったらいいんだ。元気で頑張るんだよ」

「またいつでも帰ってきてね。そのときにはまたお父さんが張り切ってアイス買ってくるだろうから、食べてあげてね」

「うん。ありがとう」

　お父さんとお母さんの言葉に頷いて、「またね」と私は手を振った。

　改札を通って電車に乗り込む。なんだか落ち着かない気分で、移り変わる景色を眺めた。このソワソワ感は、行きのもどかしく焦るような気持ちとはまた違うものだ。どちらかというと、ワクワクと楽しみで仕方なかった。

　居酒屋お伊勢とは一週間しか離れていなかったけれど、だいぶ長かったような気がする。

　早くお客さんたちと一日の終わりをまた賑やかに過ごしたい。いっぱい飲んで食べて笑顔になっているお客さんたちを見たい。そして松之助さんに会ったら、自分の気持ちを一番に伝えよう。

どんな顔をするだろうか、とその反応を想像しながら、私はまた急ぎ足で伊勢まで戻った。


茨城を出たときはお昼過ぎだったのに、着いたのは夜の七時、ちょうど参拝時間の終わる頃だった。やっぱり五時間半は長いなあと思いつつ、多くが店じまいをしているおはらい町を走った。

路地を曲がって進むと、見えてきたお店の前ではごま吉があくびをしていた。キャリーバッグを引くゴロゴロという音が聞こえたようで、顔を上げたごま吉に手を振る。

「にゃ！」

前足を上げて応えるごま吉の頭を撫でて「ただいま、ごま吉」と声をかけてから、私はガラッと引き戸を開けた。

「松之助さん、ただいま」

ほわんと出汁の匂いが漂う。息を切らしながらカウンターの中を見れば、いつもの作務衣姿で松之助さんが立っていた。

「おかえり、莉子」

そう言って優しい笑顔で出迎えてくれた松之助さんに、なんだか胸がいっぱいになった。

入口にキャリーバッグは置いたまま、ずかずかとカウンターの中に入る。そのままの勢いで私は松之助さんに抱きついた。

「……え、え、どしたん?」

突然の私の行動に、あたふたと慌てたような松之助さんの胸に顔をうずめる。

「私、やっぱりこの場所が大好きです」

はっきりと口にして、もう一度ぎゅうっと腕に力を込めた。

「にゃいにゃーい!」

「キュキュッ」

戸惑っている松之助さんをよそに、ごま吉とキュキュ丸たちも周りに集まってくる。

ごま吉のぽよんとしたお腹がふくらはぎにあたって、ちょっとくすぐったい。キュキュ丸たちはツヤツヤと虹色に輝きながら、ふよふよと肩に乗ってきた。

「あら、莉子、帰ってきてたの」

不意にそんな声が聞こえて振り向くと、トヨさんが店に入ってくるところだった。

勢いあまって抱きついてみたものの、冷静になると途端に恥ずかしさが襲ってきて、急いで松之助さんと距離をとった。

私たちのやりとりを見ていたのか、トヨさんはニヤニヤと笑顔を浮かべながらいつものカウンター席に腰かける。

「はい。トヨさん、ただいまです」

「おかえり。よかったわねえ、松之助。あんな早朝にへんば餅用意した甲斐があったわねえ」

「……うん？」

用意した甲斐があったって、どういうことだろう。

首を傾げた私に、トヨさんはおかしそうに目を細めた。

「いやあ、ツキヨミさんの予言があったでしょ？　電話がかかってきた日、莉子が二階で荷物をまとめている間に私たちの中で、もしかしたら帰ってこないかもねって話題になってねえ」

私のいないところでそんな話になっていたんだ。知らなかったな、と耳を傾ける。

「へんば餅は、松之助に頼まれて私が用意したのよ。莉子がちゃんと戻ってきますようにって……」

「トヨさん、ストップ」

べらべらと話し続けるトヨさんを、焦ったように松之助さんが止めた。その耳は真っ赤だ。

葉月の推理はどうやら外れていなかったらしい。

「……松之助さん」

名前を呼んでみたものの、白々しく視線は逸らされる。

その照れたような反応が嬉しくて、私はトヨさんと同じようにニヤニヤと意地の悪い顔をしながら「さすがにこじつけすぎじゃないですか？」と茶化したのだった。

五杯目　〆はアオサの味噌汁で

十一月の中旬。季節は移り変わり、すっかり秋の匂いがしている。紅葉が色づいてきたというニュースを聞きながら、私は今日も紺色の長暖簾を出して、赤提灯に明かりを灯した。

「うー、冷えるねえ」

「にゃにゃあ」

店の外で落ち葉を掃いているごま吉に話しかけて、腕をさする。もうこれは冬の訪れかもしれないな、と思いつつ店の中に戻ろうとすれば、「あ、莉子」と聞き慣れた声がした。

振り向くと、トヨさんが手を振っている。今日も今日とて一番乗りだ。

「いらっしゃいませ」

「疲れたわあ、ビールと唐揚げお願い〜」

いつものように注文してきたトヨさんに頷き、ガラッと引き戸を開けた。

「いらっしゃい」

カウンターの中から、頭に白いタオルを巻いた松之助さんが声をかける。寒い時季の人気メニューであるおでんを仕込んでいる最中だったけれど、トヨさんの姿を見て、私が注文を伝えるより先に唐揚げの調理に取りかかった。

私はお冷とおしぼりを置いてから、キンキンに冷えたジョッキにビールを注ぎ、いつものカウンター席に腰かけたトヨさんに渡した。

「うーん、やっぱりこれに限るわねえ」

さっそくグイッと呷《あお》り、トヨさんは満足そうな表情を浮かべる。

その飲みっぷりの豪快さはいつ見ても気持ちよく、そろそろビールのＣＭのオファーが来てもおかしくない。

そんなことを考えていると、またもガラッと引き戸が開いた。

「よっす、まっちゃん莉子ちゃん！」

「いらっしゃいませ」

シナのおっちゃんを先頭にぞろぞろと入ってきた常連のおっちゃんたち。みんな揃って座敷へ上がっていく。

お冷とおしぼりをみんなに配り、注文を聞いてカウンターの中へ戻れば、トヨさんはじいっとカレンダーを見つめていた。

どうかしたのかな、と不思議に思いながらもおっちゃんたちのビールを注いで、持っていく。

「お待たせしました」

「おう、ありがとよ莉子ちゃん」

お礼を言うおっちゃんたちに頭を下げて、またカウンターの中へと戻る。するとトヨさんはジョッキを片手に、いまだ食い入るようにカレンダーを眺めていた。

「なにかありましたか?」

「ああ、いや、もう十一月なんだなあって」

声をかけた私に、トヨさんはぼんやりと呟いた。「早いものねえ」となんだか感慨深そうだ。

「ところであの、『勤労感謝の日』っていうのはどういう日なの?」

「え? えーっと、そのまんまの意味じゃないですかね。働く人たちに感謝を伝える日で、幼稚園のときには地域のお巡りさんとか郵便屋さんとかに絵をプレゼントしに行った気がします」

ふーん、とトヨさんは鼻を鳴らすものの、あまり納得はしていないようだ。私の話が下手だったかなと反省しながら松之助さんを見ると、私にその理由を説明してくれた。

「同じ日に『新嘗祭《にいなめさい》』っていうその年の収穫を神様たちに感謝する祭りがあるんさ。豊穣《ほうじょう》を感謝するって点では、十月にあった天照大御神に初穂をお供えする神嘗祭とちょっと似とるんやけど、新嘗祭は他の神様たちにも捧《ささ》げて、天皇さんも初穂を召しあがるっていう儀式なん」

「そんなお祭りがあるんですか」

伊勢で過ごす十一月は二度目だけれど、新嘗祭はあまり聞いたことがなかった。

「へえ」と感心している私にトヨさんが頷く。

「まあ、神嘗祭みたいに伊勢で夜通しのお祭りではないんだけどね。新嘗祭は伊勢だけじゃなくて、全国各地の神社でも行われているのよ」

「なるほど。神嘗祭のときは伊勢全体が大騒ぎですもんね」

先月のことを思い返して、あれは大変だった、と眉を下げる。

しかし、新嘗祭が全国各地のお祭りなら、きっと地元でもあったはずだ。それなのに知らなかったとは。この店にたどり着く前、神様や神社にそこまで興味がなかったという証拠だな。

きっとここで働いていなければ、知らずに一生を過ごしていたことだろう。

「もともとは新嘗祭の日を祭日としとったみたいで、勤労感謝の日って名前になったのは戦後のことらしいからなあ。トヨさんたちからしたら、新嘗祭のほうが馴染み深いんやろな」

はいトヨさんお待たせ、と唐揚げを差し出しながら呟いた松之助さん。

なるほど、本来は新嘗祭の日だったのか。だから勤労感謝の日を説明しても、トヨさんはピンと来ない顔をしていたわけだ。

「そうねえ。でも、新嘗祭は収穫を喜ぶ日なわけだから、勤労感謝の日っていうのもつながっているわよね。作物が実ったのは、それを育てた人たちがいるからでしょう？　みんなの働きに感謝し合うって、なかなかいい日なのかもしれないわね」

そこまで言って、トヨさんははたと動きを止めた。

大好物の唐揚げを目の前にしてフリーズするとは珍しい。どうしたのだろうと首を傾げていれば、「そうだ！」と突然トヨさんは立ち上がった。

「……うん？」

私と松之助さんが顔を見合わせている間に、トヨさんは唐揚げの載ったお皿と飲みかけのビールを持って、ガタガタと忙しない様子でおっちゃんたちの宴会が始まった座敷のほうへと向かっていった。

席を移動したくなったのだろうか。その真意が分からなくて戸惑いつつも、とりあえずカウンターの上に残されたままのお冷とおしぼりを座敷へと運ぶ。

「トヨさん、これ」

「あーっ！　え、あ、お冷とおしぼりね、ありがとう」

私が顔を出した途端、なぜか焦ったように声を上げたトヨさんは、お冷とおしぼりを受け取ると私の背中を押した。まるで、さっさと出ていけと急かされているかのようだ。

明らかにおかしいトヨさんの様子に、釈然としない気持ちでカウンターの中へ戻る。

「急にどうしたんですかね」

「さあ、なんやろなあ」

松之助さんもよく分かっていないようで、顎を左手でさすりながら不思議そうにしていた。

それからというもの、その日はたくさんのお客さんがやってきた。

「松之助、莉子。トヨちゃんはどちらに？」

そう尋ねてきたのは、週に一度は来店する常連さんのサクさんこと『木華開耶姫命《このはなさくやひめのみこと》』だった。

桜色の着物がよく似合う美しい神様の隣で、実の父であるおやっさんもむっすりと立っている。

「あ、えーっと、座敷のほうにいますけど……」

「そうですか。ありがとうございます」

注文はあとでするので、とサクさんは言い残して座敷のほうへ向かっていった。その後ろをドスンドスンとおやっさんが追いかける。

おやっさんの眷属であるわたがしは「わっふ」と白い尻尾を振って、入口近くでごま吉と遊んでいた。

「ごめん……ください……」

続いてボソボソと低い声を出しながらやってきたのは、まなごさんこと『真奈胡《まなご》神《のかみ》』だった。

「わ、まなごさん！　どうしたんですか、珍しい」

久しぶりに来てくれたまなごさんは、ここから少し離れた度会《わたらい》という地域に社のある神様だ。

目元が隠れるほど長いぼさぼさの髪に、無精髭。相変わらずの姿に歓喜の声を上げれば、照れたようにまなごさんは頭を下げた。

「あ、あの、それがですね……」

「真奈胡神、いけませんよ。秘密だと言われたでしょう？」

口を開きかけたまなごさんを止めたのは、その後ろからひょっこりと顔を出したヤマさんこと『倭姫命《やまとひめのみこと》』だった。

笠《かさ》をかぶり、赤い着物を身につけているヤマさんは、ほんの少し幼さの残る顔立ちの可愛らしい神様だ。「しーっ」と人差し指を唇に当てる姿は愛嬌《あいきょう》がある。

「えっ、あ、姫様……」

すぐ後ろにいたヤマさんは、まなごさんの視界には入っていなかったようだ。驚いたのか大げさに後ずさりをして、ごんとカウンター席にぶつかった。

この二柱といえば、昨年のバレンタインデーが懐かしい。ヤマさんのことをずっと想い続けていたまなごさんが、伊勢うどんを手作りして食べてもらったのだ。

その後どうなったのか少し気になっていたけれど、まなごさんが顔を真っ赤にしていることにヤマさんは気づいていないみたいだ。

さすが天照大御神を祀る場所を探して各地を巡った皇女。浮いた話とは無縁だったと語っていたヤマさんらしい鈍さである。

「ところで莉子ちゃん、トヨさんは座敷ですか？」

二柱のやりとりに甘酸っぱい気持ちになっていれば、ヤマさんもサクさんと同様、トヨさんの所在を尋ねた。

「はい、そうですけど」

頷いた私にお礼を言いながら「ほら、行きますよ」とヤマさんはまなごさんの手を掴んで座敷のほうへと歩いていく。

「え、あ、て、て……手が……」

まなごさんは動揺しまくっていたけれど、そのボソボソとした呟きはヤマさんには伝わっていないようだ。

「ふぉっふぉ。いいのお、楽しそうじゃの」

そんな二柱を私と同じくほっこりと眺めていたらしく、白木《しらき》さんこと『曽奈比比古命《そなひひこのみこと》』が朗らかに笑いながらゆっくりと店に入ってきた。

松之助さんが幼い頃からの知り合いである白木さんは、腰の曲がった白髪のおじいさんみたいな神様だ。歯痛にご利益があり、神様たちの歯医者さんのような存在だという。

「白木さん。どしたん」

これまた珍しいお客さんに、松之助さんも首を傾げて問いかけた。しかし白木さんは「ふぉっふぉ」と軽やかにスルーして、そのまま座敷のほうへと消えていく。

どうやらみんな、トヨさんに用があってこの店に集まったようだ。

なんとなくそう予想できたものの、こんなにお客さんたちがやってくるとは何事だろうか。

「はあっ、間に合ったかしら」

ガラッと再び引き戸が開いたのは、白木さんの登場から五分くらい経ってのことだった。息を切らしてやってきたのは、石神さんこと『玉依姫命《たまよりひめのみこと》』だ。

「石神さん、忙しいんじゃないんですか？」

「うん、そうなんだけどね」

伊勢の隣、鳥羽《とば》市にある『神明神社《しんめいじんじゃ》』に祀られている石神さんは、女性の願いならひとつは必ず叶えてくれる神様として知られている。

「みんな座敷にいる感じ？」

「あ、はい」

確認するように問いかけた石神さんに頷く。

かつては毎日のようにここへ来ていたみたいだけれど、近年人気が急上昇していることもあり多忙を極めている神様だ。そんな石神さんまでもが訪れるとは、トヨさんはいったいなにを企んでいるのだろう。

うーんと考え込んでいれば、座敷のほうからひょっこりとサクさんが現れた。

「あれ？　サクさん、どうしたんですか」

「もうすぐ着くみたいなので、出迎えようかと」

カウンター席に腰かけて、ふわりとサクさんが微笑んだ瞬間、また引き戸が開く。

「ちわーっす」

チャラい声が聞こえた。視線を向けると、ニニギさんこと『邇邇芸命《ににぎのみこと》』がいて、サクさんの姿を見つけるとパアッと顔を輝かせた。

「サク！　俺のこと待っててくれたとか、激アツすぎるんだけど。さすが俺の嫁～」

「あなたのことだから、松之助や莉子と話すのに夢中になって本題を忘れるのではないかと思ったのです。行きますよ」

嬉しそうに抱きついたニニギさんを「はいはい」とあしらいながら、サクさんは夫であるニニギさんと共に座敷へ向かっていった。

「神様たち、勢揃いもいいところじゃないですか？」

みんなが集合する理由を追求するのは諦めてぽつりと呟いた私に、隣で松之助さんが同意する。

「ほんまになあ。座敷にみんな入るんか、ちょっと心配なんやけど」

確かに、あの数のお客さんがみんな座敷に入っているのかと思うと、少し狭そうだ。

しかも、わいわいと賑やかな声は聞こえてくるものの誰からも注文が入らない。

暇を持てあまして伸びをしていれば、引き戸の向こうでなにやら焦ったような声が聞こえてきた。

「な、そ、そなたはこの店に来てはダメであろう」

「なんでや！」

どこかで耳にしたことのある声だ。松之助さんと顔を見合わせていると、ガラッと引き戸が開いた。

「ああ、だからダメだと申しておるだろう、そなたはまだ子どもなのだから」

「子どもちゃうわ！」

ぎゃあぎゃあ口論しながら入店してきたのは、困惑したようなツキヨミさんとキャンキャンわめいているカグツチさんだった。

どうやら子どものような見た目のカグツチさんが入店するのを、ツキヨミさんは止めていたらしい。

そんなツキヨミさんの足の間をすり抜けて店に入ってきたカグツチさんは、私の顔を見て嬉しそうにカウンター席へよじ登った。

「莉子、久しぶりやなあ！　元気にしとった？」

「元気ですよ。それにしてもカグツチさん、どうしてこの店へ？」

カグツチさんと出会ったのは、宮川の花火大会だ。居酒屋お伊勢のことは知らないはずなのに、どのようにしてここを知ったのだろう。

不思議に思って尋ねた私に、カグツチさんは「あのな、あのな」と答える。

「豊受大御神がな、気を送ってきたん。莉子と、そこのなんや気に食わん金髪に関わった――うぐっ」

「そなた余計なことを口にするでない！　そして『気に食わん金髪』と呼ぶな、我の大親友だ！」

慌てたようにツキヨミさんがカグツチさんの口を塞ぐ。

『大親友』と呼ばれた松之助さんはなんだか照れくさそうにしているけれど、今の話でみんなが集まった理由に確信が持てた。トヨさんが呼び寄せたということで間違いはないようだ。

「しかし、ここまで来てしまったのであれば仕方ない。闇と暗黒の世界を司りしこの我についてくるがいい」

ツキヨミさんはそう言って、カグツチさんの口を押さえたまま、もう片方の腕で小さな身体を担ぎ上げた。

「んんん！」

ツキヨミさんの肩の上でカグツチさんはじたばたと足を動かし暴れているけれど、降ろしてもらえなそうだ。必死の抵抗は意味をなさず、二柱は座敷へと消えていった。

「にゃにゃあ」

「わっふ」

カウンター席には誰もいなくなり、ごま吉はわたがしと遊びながらチラチラと座敷の様子を窺うように視線を向けている。キュキュ丸たちも気になるようで、一列になって座敷を覗いていた。

「……暇ですねえ」

「そやなあ」

なにがどうなっているのか分からぬまま、松之助さんとぼんやり鳩時計を眺めること三十分。トヨさんによる謎の会合は終わりを迎えたらしく、ぞろぞろと神様たちが座敷から出てきた。

「じゃあ、それぞれよろしくね」

トヨさんの呼びかけに対して「おう」だの「ええ」だの返事をする神様たち。遠方から来ていたお客さんたちは、なにやら足早に去っていった。

「トヨさん、これはいったい……？」

いつものカウンター席に戻ってきたトヨさんに尋ねたけれど、トヨさんはニヤニヤと笑みを浮かべるのみ。

「ビールのおかわりちょうだい」

私の質問には答える気がないらしい。空いたジョッキを掲げて注文をしてきたため、私は聞き出すことを諦めておかわりを用意するのだった。

トヨさん主催の会合で、どんな話が行われていたのか。それを私たちが知ったのは、翌日のことだった。

「……来ませんね」

「そやなあ」

私の呟きに、松之助さんが難しい顔をしたまま頷く。

鳩時計はもうすでに夕方六時を指していた。この時季、参拝時間が終わるのは夕方五時。とっくにその時間は過ぎているというのに、いつもフライング気味にやってくるトヨさんがこの日は店に来なかった。

「おっちゃんらも忙しいんやろか」

来店していないのはトヨさんだけではない。座敷で宴会をするのが大好きなシナのおっちゃんたちも、まだ誰も姿を見せていなかった。

心当たりがあるとすれば、やっぱり昨日の会合だ。トヨさんがあの場でどんな話をしたかは分からないけれど、きっとなにかを提案したであろうことは想像がつく。

……不買運動的なものだろうか。

ガランとした店内を見渡して、そんな嫌な考えが浮かぶ。慌てて頭から消し去ろうと首を振っていれば、ガラッと引き戸の開く音がした。

「いらっしゃいま……って、ごま吉か」

やっと来てくれたお客さんにパッと顔を上げたけれど、そこにいたのは店の前で客引きをしているごま吉だった。

「にゃ！」

「え、なに？」

ごま吉が前足でなにかを持っている。そのことに気づいてカウンターの中から出てみると、それは【招待状】と書いて折り畳まれた紙だった。

「……招待状？」

私に続いてカウンターの中から出てきた松之助さんが文字を読み上げて首を傾げる。

「これ、誰から？」

「にゃにゃにゃん」

トヨさん、のイントネーションで答えたごま吉に、ふむと顎をさすりながら松之助さんは紙を広げる。

「【月見酒をしよう】……って書いてあるで」

どういう風の吹き回しなのだろう。ふたりで顔を見合わせていれば、店の外から「おーい」と声がした。

出ていってみると、シナのおっちゃんとおばちゃんが立っている。

「えっと、これはどういう……？」

「おう！　とりあえずまっちゃんも莉子ちゃんもしっかり掴まっといてな」

「はい？」

おっちゃんの気合いの入りっぷりを不思議に思いつつも、言われるがままに私はおばちゃんに掴まった。

松之助さんがおっちゃんに掴まったのを確認すると、シナの夫婦は「よし」と頷き合う。

「それじゃあ、行くわよ」

おばちゃんがそう声を上げると、ビュウッと寒い風が吹いた。その風に乗るように私の身体は宙に浮く。

「わっ」

びっくりして声を上げた私の足に、ごま吉が「にゃっ」としがみついた。その尻尾には、キュキュ丸たちが引っついている。

人けのない暗い夜道を、ふわふわと風に運ばれるように移動していく。誰かに見られたらすごい騒ぎになりそうだなとこっそり心配していたけれど、特に誰とも会わずに目的地へとたどり着いたようだ。

「みんな、まっちゃんと莉子ちゃん連れてきたぞお」

シナのおっちゃんが呼びかける声が聞こえて、おばちゃんの背中から顔を出してみる。

「わあ！」

連れてこられたのは、五十鈴川のほとりのようだった。赤く染まった紅葉が、ぽうっと優しい明かりの火の玉によって照らされている。水面にも紅葉が映り、とても幻想的な光景が広がっていた。

「主役が来たわね」

そう言って私たちの前に現れたのは、トヨさんだった。その後ろに視線を向ければ、昨日店に集まった神様たちが、みんなニコニコと微笑みながら私たちを見ている。

「主役？　ていうか、トヨさんこれはいったい……」

尋ねた私に、トヨさんは得意げに胸を張って答えた。

「今日はね、〝いつもありがとうパーティー〟の日よ」

「え？」

思わず聞き返した私に、シナのおっちゃんが口を挟む。

「なんか、勤労感謝の日っていうのがあんだって？　それを聞いてピンと来ちまったらしいんだ。いつもおいしいお酒とごはんと黒みつプリンを出してくれるまっちゃんと莉子ちゃんに、サプライズパーティーをしようって言いだしてな」

なるほど。トヨさんがコソコソしていたのは、そういうことだったのか。

ようやく合点のいった私と松之助さんに、トヨさんは「びっくりした？」と嬉しそうに尋ねる。

うちの店で打ち合わせをしていたあたり、すでに全然サプライズっぽくないけれど。

それでも、トヨさんの呼びかけでこんなにたくさんの神様たちが集まってくれたことに私は驚いていた。

きっとみんな、居酒屋お伊勢という場所が好きなのだろう。

松之助さんの想いから始まった神様たちのたまり場は、みんなにとって心地のいい居場所になっている。それゆえに、突然のトヨさんの提案にも快く乗っかったに違いない。

チラリと隣の松之助さんを窺う。松之助さんはうまく言葉が出ないようで、グッと唇を噛んでいた。

「びっくりしました。ありがとうございます」

トヨさんの問いかけに私が答えると、トヨさんは満足げににんまりと口角を上げる。

「さあ、早く始めようではないか。我の用意した月が神秘的な輝きを放つ間に」

立ち尽くしていた松之助さんの背中をポンと押して、ツキヨミさんが笑みを浮かべた。胸がいっぱいになっているのだろう。松之助さんは深く息を吸ってから、コクリと頷く。

「……うん。月が綺麗な夜やなあ」

松之助さんの言葉に、ツキヨミさんは照れたように頬をかいた。

どうやら神様たちがそれぞれの得意分野で準備をしたらしく、おやっさんがお酒を、トヨさんが食べ物を振る舞っている。

「なんか、いつもだらだらしているトヨさんが食べ物を用意するって、すごく不思議な感じですね」

「あら、失礼ねえ。これが私の本職よ」

伊勢神宮の外宮に祀られているトヨさんは、千五百年くらいの間ずっと、一日二回の食事を内宮の祭神である天照大御神に届け続けている。それは何度も聞いたことがあったけれど、店で見る姿からはどうにも想像がつかなかった。

しかし、並んでいる食べ物はどれもおいしそうだ。どれから食べようか迷ってしまう。

「あ、これって」

「それは今日獲れたアワビだよ。新鮮なうちに持ってきたんだ」

ふと目についたアワビ串を手に取ると、どこからともなく石神さんがやってきた。おやっさんのお酒を片手に、すでにほろ酔い状態だ。

「わざわざ鳥羽から持ってきてくださったんですか。ありがとうございます」

お礼を言って、かじりつく。

鳥羽の海女さんたちが獲ったアワビは、やっぱり肉厚でおいしいなあ。しみじみと味わいながら紅葉を眺めていれば「莉子、飲んでいますか?」と声をかけられた。

振り向くと目の前には、なにやら楽しそうに笑みを浮かべるサクさんとニニギさん。二柱はおやっさんの作ったお酒を配る係のようで、私がまだお酒を飲んでいないことに気づくと梅酒を注いで渡してくれた。

「梅酒もあるんですね。てっきり日本酒ばかりだと思っていました」

「お義父《とう》さんは酒の神だからな。いろんな酒を取り揃えるくらい余裕っしょ」

自分の手柄みたいに胸を張ったニニギさんに、サクさんは呆れたような表情で「気にしないでください」とささやいた。

「最近は父との関係も悪くないようで、調子に乗っているのです」

「調子に乗ってるって、サクもひどい言い方するよな〜。ま、その塩加減がいいんだけど」

「はいはい。……ところで、莉子」

お調子者のニニギさんをあしらいつつ、私に話を振るサクさん。

「はい？」

どうしたのだろう、と梅酒をちびちび飲みながら首を傾げる。

「松之助とはどうなのですか」

「ごふっ」

予想していなかった問いかけに思わずむせた。咳《せ》き込んでいると「莉子ちゃん大丈夫ですか」とヤマさんも心配そうに輪の中に加わってくる。その後ろをオロオロとまなごさんもついてきていた。

「だ、大丈夫です。ありがとうございます」

ヤマさんにそう返事をしつつ顔を向けると、サクさんは面白そうに口角を上げていた。

「それで、どうなのですか」

「どうって……。えっと、まあ、ぼちぼちです……かね？」

再度尋ねてくるサクさんに、曖昧な答えを返す。

「ぼちぼちってことはないんじゃね？　この髪飾りってあのお兄さんからもらったやつだろ？」

しかしそんな答えで納得してくれるはずもなく、ニニギさんは冷やかすように私のヘアゴムを指摘する。

「あ、松之助くんとのことですか！　ええっ、この髪飾りは松之助くんからの贈り物なのですね」

途中から話に加わってきたヤマさんも、私たちがなんの話をしていたのかピンと来たみたいだ。「ひゃあ」と顔を赤くして私のヘアゴムをまじまじと観察している。

みんなに囲まれて逃げ場がない。茶化すように盛り上がるサクさんやニニギさんの反応はとても恥ずかしいけれど、私以上に照れるヤマさんを見ると、赤福氷を一緒に食べた女子会を思い出す。

浮いた話に耐性がないと語っていたヤマさんは、恋愛の話になると顔を真っ赤に染めていたけれど興味津々だった。

「ひ、姫様もこのような髪飾りがお好きなのですか……？」

そんなヤマさんの反応に食いついたのは、まなごさんだ。ボソボソと問いかける様子は健気でとても応援したくなる。

「髪飾りも素敵だとは思いますけど、それを松之助くんが莉子ちゃんに贈ったということがですね……」

「な、なんやて!?」

まなごさんの質問に答えていたヤマさんを遮ったのは、キンと高い声だった。

声のしたほうへ視線を向ければ、カグツチさんが青ざめた顔をして、わなわなと身体を震わせていた。

「ど、な、どういうことや？　え？　あ、……アツいのはあかんで!?」

どこから話を聞いていたのかは分からないけれど、カグツチさんは焦ったように私の腕を引っ張った。

「り、莉子、あのな、俺があの火の玉出してるんやで！　紅葉がよく見えるかなと思てな！」

紅葉をライトアップしている火の玉は、カグツチさんが作ったもののようだ。「な、ボクすごいやろ？」と指を差して私を見上げてくる。

「あ、はい。紅葉が映えて、綺麗だなあって……」

カグツチさんに感想を伝えているときだった。

「ぶえっくしょい！」

突然、辺りに響いた大きなくしゃみ。

誰のくしゃみだろう、と視線を動かそうとすれば、ビュウッと強い風が吹いた。

「あ、やべ」

どうやら、くしゃみはシナのおっちゃんがしたようだ。

その強風で、紅葉をぽわっと照らしていた火の玉が一瞬にして消えてしまった。

「…………」

「…………」

月明かりのみになってしまった五十鈴川のほとりで、気まずい沈黙が流れる。

カグツチさんはショックを受けたのか立ち尽くしていて、その姿にはガーンと音がつきそうだ。

「ふぉっふぉ。この寒さは身体に響くの」

そんな中、いつもと変わらないトーンで口を開いたのは白木さんだった。

言われてみれば、十一月だ。川の近くはよく冷える。シナのおっちゃんによる、さっきの強風も相まって、なんだか急に寒さが増した気がした。

「そうねえ。確かにちょっと冷えてきたし、……いろいろと用意してみたものの、やっぱり松之助の作る唐揚げが食べたくなってきちゃったわ」

「ん？」

少し離れたところでツキヨミさんと一緒にいた松之助さんが、トヨさんの呟きに首を傾げる。

周りのお客さんたちを見回せば、みんな同意するように頷いていた。

「というわけで、宴もたけなわではございますが……」

ポン、とトヨさんが手を叩く。

もうこのパーティーはお開きなのか。せっかくの楽しい時間が終わってしまうのを寂しく思っていると、トヨさんはグッとこぶしを突き上げて、宣言した。

「二次会は居酒屋お伊勢で！」

わあっとみんなが歓声を上げる。

「ええっ」

まさかの展開に松之助さんの様子を窺えば、ぱっちり目が合った。

まだ全然飲み足りない様子の神様たち。そしていつもより遥かに多いお客さんの数。

これは忙しくなりそうだ。

私と松之助さんは店に戻ってからのどんちゃん騒ぎを想像して、お互いに小さくため息をついた。

「……で、結局こうなるという」

時刻は午前二時。店の中にはグウグウ、ガアガアとお客さんたちのいびきが響いている。

店に来て、いつも以上のハイペースで飲んで食べて騒いだ神様たちは、力尽きたように眠っていった。座敷でごろんと転がっているおっちゃんたちに呆れつつ、私はブランケットをかけた。

パーティーの雰囲気に乗っかって、おっちゃんたちと一緒にどんちゃん騒ぎをしていたごま吉も、プウと鼻提灯を膨らませて幸せそうに寝ている。

全員にブランケットが行き渡ったことを確認して、机の上に広がっていた食器をなるべく音を立てないように回収する。キュキュ丸たちが列をなして掃除しているのを横目に、私はカウンターの中へと食器を運んだ。

「洗い物代わります」

「ん、ありがと」

洗い物をしていた松之助さんに声をかけて、スポンジを受け取る。

働きだした頃は、私が洗い物をするとカチャカチャとうるさくしてしまっていたから、お客さんが眠っている間の洗い物は松之助さんが引き受けてくれていた。しかし、ここで働くようになってもうすぐ二年になる。音を立てない洗い方のコツを掴んだ私は、松之助さんにこの時間の洗い物を任せてもらえるようになった。

少しずつではあるけれど、こうしてできることが増えていくのは嬉しい。その成長を松之助さんに認めてもらえるというのは、やりがいを感じることのひとつだった。

「これで終わり……っと」

すべての食器を洗い終え、タオルで手を拭く。まかないを作ってくれていた松之助さんに声をかけようと顔を向ければ、いい匂いが漂ってきた。

「できたで」

くんくんと鼻を動かしていた私に気づいたようで、松之助さんはおかしそうに口角を上げた。

「あ、じゃあ椅子出します」

折りたたみの椅子をふたつ持ってきて、調理台の前に置く。その間に松之助さんは、できあがったまかないを調理台の上に並べていた。

今日のまかないはごはんに肉じゃが、春菊の白和え、厚揚げの甘辛炒《いた》めに、アオサの味噌汁だった。

頭に巻いていた白いタオルを外して、松之助さんが椅子に座る。それを見て、私も隣に腰を下ろした。

「いただきます」

「いただきます！」

ふたり揃って手を合わせ、まだ湯気の立っているアオサの味噌汁が入ったお椀《わん》を手に取る。鮮やかな緑色のアオサがふんわりと広がっている。

ふうふうと息を吹きかけてから、そっと口をつけた。少し熱かったけれど、ごくんと飲み込む。

舌に残った旨味と、柔らかく香る磯《いそ》の匂いになんだかホッとした。

「はああ、おいしいです」

息を吐きながらそう告げると、松之助さんは「それはよかった」と微笑んだ。

「アオサって万能やよなあ。主張は激しくないけど、彩りもよくて、香りもよくて、なにに入れてもおいしくなる気がする」

「確かに、名脇役って感じですね。だけど、茨城にいたときはアオサにそこまで馴染みがなかったです」

卵焼きにも、天ぷらにも、うどんにも。松之助さんの作るまかないに、アオサはとても頻繁に登場する。

実家でもアオサを食べたことはあるけれど、こんなに身近な食材ではなかった。

「アオサの好む条件が三重の地形に揃っとるらしいで。全国で生産されとるアオサの六割くらいは三重県産なんやって」

　松之助さんの説明に「へぇ」と相槌を打って、もう一度味噌汁に口をつける。

　アオサは控えめに、しかしグッと味噌を引き立てている。しれっと他の食材のよさを際立たせるアオサは、ちょっと、いやかなり……。

「ふふっ」

　そこまで考えて、自分で笑ってしまった。

　当然、松之助さんも怪訝そうにこちらを向く。

「どしたん」

「いやあ、なんというか……」

　これはもう、ごまかしようがない。腹をくくって口を開いた。

「アオサと松之助さんって、似てるなあと思って」

　食べ物と上司を比べるなんて、失礼な話だということは分かっている。案の定、松之助さんは眉間に皺を寄せて「もしかして、俺は貶《けな》されとるん？」と尋ねてきた。

「違います、むしろ褒めてます！」

　慌てて首を横に振り、さっき考えていたことを伝える。

「松之助さんって、いつも周りのことを気にかけて、困っていたらそっと助けてくれますよね。その優しさを松之助さん自身が主張することはないけれど、みんなは安心して甘えられるというか。なんかそれが、アオサみたいだなあって」

「アオサにたとえて褒められても……」

私の力説に、松之助さんは複雑な表情を浮かべた。

「でしょ。だから自分でもちょっと変なこと考えたなあって、おかしく思えちゃったんです」

はいこの話はおしまい、と強引に終わらせれば、松之助さんは「なんやそれ」と呆れたように笑った。

話題を変えようと視線を動かすと、いつものカウンター席で突っ伏しているトヨさんがいた。

「それにしてもトヨさん、張り切ってましたね」

トヨさんの綺麗な寝顔を眺めながら、今日のことを思い返す。

〝いつもありがとうパーティー〟をしようと思いついて、たった一日で実行してしまうあたりの行動力がさすがだった。

「うん。こんなにたくさんのお客さんたちが集まってくれたんは、すごい嬉しかったなあ」

松之助さんも眠っている神様たちに優しい眼差しを向けて、目を細めた。

「神様たちがホッと息を抜いて、だらだらできる場所を作ってみたくて。そう思って始めたこの店も、ちゃんと誰かの居場所になっとるんやろか」

ぼんやりと話す松之助さんは、店を始めた頃のことを思い出しているのかもしれない。感慨深そうな横顔に、私は大きく頷いた。

「みんな、ここの温かい空間で過ごす時間が好きなんじゃないですか」

そうじゃなきゃ、こんなにたくさんのお客さんであふれたりしない。パーティーをすると聞いて、遥々駆けつけてはこないだろう。

「松之助さんのまごころが、お客さんたちに届いているんだと思います」

はっきりと声に出した私に、松之助さんは頬を緩めた。

「そうやといいなあ」

「そうですよ、絶対」

強く肯定して頷く。

「珍しいな。莉子がそうやって言うの」

確かに、普段ここまで主張することはない。私の顔を見て、松之助さんは不思議そうに首を傾げている。

「少なくとも、私はここにいるのが心地いいです」

松之助さんは、神様たちにとっての居場所を作っているつもりだっただろう。私も最初はそう思って、そのお手伝いをしたいと考えていた。

だけど今は、この店が私にとっての居場所にもなっている。居場所作りのお手伝いをしていたはずなのに、なんともおかしな話だ。でも、そのくらいここにいるのは幸せで、心が安らいだ。

「……そっか」

しばらくして、松之助さんはぽつりと呟いた。表情を窺うと、なんだかとても嬉しそうに笑っている。

そうかと思えば少し真剣な顔をして、私の目を見て続けた。

「そしたらこれからも、ここにおってな」

じわじわと顔に熱が集まる。

胸がいっぱいになって、うまく声が出せなくて。コクコクと何度も頷いて見せた私に、松之助さんは照れたように笑みを浮かべた。

神様たちにも、楽しく飲みたい夜がある。

ここ、居酒屋お伊勢でいろんなお客さんたちと関わる中で、私はそのことを知った。

「まだ行きたくない〜」

「もう、トヨさんったら。そんなワガママ言ってないで、ほら早く起きてください」

いつものようにぐずるトヨさんに、はあと息を吐く。

「莉子、もっかい念押しとくけど、アツいのはあかんでな！」

朝から元気なカグツチさんは、鼻息荒くこぶしを突き上げる。

「姫様、あ、あの、また一緒にここで……」

「ぜひ。いつでも誘ってください」

ボソボソと呟くまなごさんに、ヤマさんは頷く。

「ふぉっふぉ。若いとはよいの」

その様子を見ていた白木さんは、朗らかに肩を揺らしていた。

「では、帰るか」

「あああ、ちょっと待ってくださいお義父さん。もう少しサクとの別れを惜しみたいっす～」

「はいはい。またいつでも会えますよ」

おやっさんとサクさんは、寂しそうなニニギさんにあっさりと別れを告げている。

「わっふ」

「……にゃにゃあ」

座敷でおっちゃんたちと眠っていたごま吉をわたがしが起こそうと試みるものの、幸せそうに夢の世界へと戻っていく。

「さあて、今日もバリバリ頑張るわ」

やる気にあふれている石神さんは、グッと伸びをした。

「昨夜は支配者である我がいなくとも、世界の平穏は保たれていたのだな。なかなかやるではないか」

ツキヨミさんはひと晩サボってしまったことを気にしていたみたいだ。ガラッと引き戸を開けて、まだ薄暗い早朝の空を見上げて目を細めている。

「いやあ、よく食べたなあ」

「明日からまたダイエット部再開してもらおうかしらねえ」

ぽよんと出たお腹を満足げにさするシナのおっちゃんを、おばちゃんが呆れたように見た。

「みんな昨日はありがとな。もう参拝時間始まってしまうで、はよ行きや」

「忘れ物がないか、確認してくださいね」

寝起きの神様たちがのんびり動くのを、松之助さんとふたりで急かす。

キュキュ丸たちは虹色に光りながら、忘れ物チェックをしている。

「ほらほら、もうみんな行っちゃいますよ」

「ええ～」

隅々まで転がるキュキュ丸たちを踏まないように注意しつつ、いまだうだうだしているトヨさんの背中を押して、店の外へと追いやった。

「ごちそうさま」

「また来るよ」

口々に言いながらぞろぞろと去っていくお客さんたちを見送る。

不意に、その一番後ろを歩いていたトヨさんが立ち止まった。まだ完全に目が覚めていないのだろうか。そう思って様子を窺っていれば「ねえ莉子、松之助」とこちらに向き直る。

「やっぱり、この店でみんなと過ごすのは楽しいわね」

トヨさんは、ふふっと笑って手を振った。

私は松之助さんと顔を見合わせる。それから一緒にこう告げた。

「また、おいない」

ここは、神様たちが集まる居酒屋。

伊勢のおはらい町の片隅で、今日もきらめく朝を迎える――。

古くから栄える、お伊勢さんの門前町。
『おはらい町』と呼ばれるその路地裏に、神様たちのたまり場がありました。
『伊勢神宮』の参拝時間が終わり、町全体が寝静まった頃、
ひっそりと店の明かりが灯ります。
そこに流れているのは、ホッと息を抜ける温かい時間です。
みなさまのご来店を、心よりお待ちしております――。

番外編　おかわりくれにゃ

そよそよと眠気を誘う三月の昼下がり。

ごまは今、とてもお腹が空いていた。

「……にゃ」

さっき食べきってしまった煮干しのおかわりをもらおうと、ガラッと引き戸を開けて営業前の店の中の様子を窺ってみれば、カウンターの中に松之助がいた。

作務衣姿でもなく、仕込みをするでもなく、ただぼんやりと立っているだけで暇そうだ。

おねだりをするなら今がチャンスだ。可愛い声で鳴こうと喉の調子を整えていると、ドタドタと階段を下りてくる足音が聞こえた。

「松之助さん、見てくださいっ」

いつもはまだ寝ているはずの莉子に呼ばれて、松之助はゆっくりと顔を上げる。

「こっちの服のほうがいいですかね!?」

「いや、どっちでもいいんちゃう？」

「もう、ちゃんと考えてくれてますか？」

頬を膨らませた莉子に、松之助は「考えとる考えとる」といかにも考えていなそうな返事をしていた。「絶対考えてないですよね」と莉子は不服そうだ。

ごまはぺこぺこのお腹を抱えながら、全身を目いっぱい伸ばしてカウンター席によじ登る。おかわりを頼むタイミングを窺いつつ、忙しそうなふたりの様子を眺めた。

「もう少し落ち着いた色のほうがいいのかなあ」

「そんなに悩まんでも。……いっそのこと作務衣でいいんちゃう？」

「よくないです！」

どうやら今日は、松之助の実家であるきくのやに莉子も一緒に行くらしい。

普段は作務衣か寝間着、私服もニットにスキニーパンツという動きやすい格好ばかりの莉子が、膝丈のワンピースをヒラヒラさせているのは、なんだかとても新鮮だった。

数年前まで実家に寄りつかなかった松之助が、きくのやと関わりを持つようになったのは、この店に莉子が来てからのことだ。それまでも弟である竹彦とは連絡をとり合っていたみたいだけれど、両親とのわだかまりが解けたのは莉子がきっかけだったとごまは振り返る。

店を始めた頃の松之助は、〝一匹狼《いっぴきおおかみ》〟という言葉が似合う若者だった。神々とはすぐに仲よくなるのに、人間と必要以上に関わらない松之助のことを、常連客のみんなと心配していたくらいだ。

それが今では、随分と丸くなった。明るくて素直な莉子と一緒にいるうちに角が取れていったのだろう。

「キュッ」

ごまの周りに、キュキュ丸たちが集まってくる。さっきまで座敷の掃除をしていたけれど、松之助と莉子のやりとりを見物しに来たのだろう。

思い返せば、トヨさんがこの店に莉子を連れてきたとき、松之助が拒否しなかったのも意外だった。人手不足は確かに深刻だったけれど、松之助にとって〝見える〟体質はコンプレックスで、他人に理解されない隠しておきたい部分のはずなのに。初対面の莉子にわりとすぐ心を許していた印象がある。

よくも悪くも深く考えすぎない莉子の適当さが、松之助にはちょうどよかったのかもしれない。

「あっ、そうだ。手土産も買っていきたいんですけど、和菓子か洋菓子ならどっちがお好きですかね？」

ワンピースの裾をヒラヒラさせながら、ふと莉子が尋ねる。松之助は「うーん」と腕を組んでから、口を開いた。

「要らんのちゃう？　そんな気ぃ使わんでもいいに」

「いやいや。第一印象って大事にしたいじゃないですか」

松之助の返事に、莉子は不満そうに口を尖らせる。

きくのやにふたりで行くことは少し前から話に出ていたみたいだけれど、日にちが決まったのはつい先日のことだった。ちょうどその場にいたトヨさんが『どうやって莉子のことを紹介するのか、予行演習しなくちゃね』と松之助を茶化して、最終的には常連のおっちゃんたちも巻き込んでリハーサルが行われていた。

松之助も莉子も照れまくっていて、果たしてあれは練習になっていたのか、ごま的には疑問に思うものの、お客さんみんながニヤニヤと満足げだったからいいのだろう。

「うーん、やっぱり膝丈よりも長いほうがいいかな……。でも、それだとどんな靴を合わせれば……」

ブツブツと悩む莉子を松之助は呆れたように、しかし楽しそうに目を細めて眺めていた。

「……なに着ても可愛いと思うんやけどなあ」

「え、なんですか？」

ぽつりと呟いた松之助に、莉子は首を傾げる。「なんでもない」とごまかす松之助を莉子は不思議そうに見ていた。

――ぐうううう。

ごまのお腹が小さく鳴った。しかし、この雰囲気の中『おかわりくれにゃ』とは到底言いだせなかった。

キュキュ丸たちと顔を見合わせて、肩を落とす。

仕方ない。ちょっと空気を読んでやるかにゃ。

服決めにまだまだ時間がかかりそうなふたりを横目に、ごまはやれやれと首を振りながら、そうっと店の外に出るのだった。

完

あとがき

こんにちは、梨木れいあです。『神様の居酒屋お伊勢』シリーズ四作目、最終巻を手に取っていただき、また最後までお付き合いくださいまして、ありがとうございます。

約二年前、前担当の森上さんから「食べ物メインのほっこり人情物ってどうですか?」とお話をいただいたとき、「読むのは好きだけど書くのはちょっと……」と渋ったのを覚えています。私の舌はなんでもおいしく感じてしまうから、食レポなんて高尚なことはできないと。どう頑張っても、おいしい以外の感想が出てこないと。でも、伊勢には美味しい食べ物がたくさんあるから、取材と自分に言い訳をしていっぱい食べられるなら悪くないなあ。そんな食いしん坊な考えで書いたのが『神様の居酒屋お伊勢』一作目でした。ありがたいことにシリーズ化していただき、こうして無事に完結できたことにホッとしています。

このシリーズを書く上で、キーワードとしてきたのは〝居場所〟でした。ちょうど私が社会人になってすぐの頃に執筆し始めた作品で、慣れない環境に不安を抱いていていたこともあり、ひと息つける場所があればいいのになと思っていました。そんな願望が反映されているのが〝居酒屋お伊勢〟です。おいしいごはんとお酒、愉快な仲間たち、見守ってくれる人々。一作目を書いていた頃を思い返すと、楽しくて温かくて居心地のいい時間を、私自身も求めていたんだと思います。

シリーズが進むにつれて莉子と同じように私も社会人としての経験を重ね、周りの友だちとの会話も少しずつ変わってきました。転職したという話も珍しくありません。家庭を持つ子も増えてきました。自分の描く将来はどういうものなのか、改めて考えるような地点にいるのかなと思います。（なんやかんやで、なるようになると思ってもいるのですが……いかがなものでしょう）

思い詰めすぎないよう〝居場所〟でひと息つきながら、ゆっくり歩んでいけたらいいなあと思います。

また、シリーズを通していろんな食べ物を出しましたが、伊勢にはおいしいものがまだまだあります。インスタ映え間違いなしの丸ごと果汁や大きなエビフライもおすすめです。訪れた際にはぜひ、食べ歩きしてみてください。ちなみに私のお腹周りは以前より肉厚になりました。

お祭りやイベントもたくさん開催されています。活気あふれる伊勢の町を歩くと、いつもパワーをもらうことができました。写真スポットも多いので、スマホのカメラロールが色鮮やかになります。とっても楽しいのでぜひぜひです。

最後になりましたが、いつもやる気の出るような感想とともに楽しく居酒屋お伊勢を作り上げてくださった後藤さま、森上さま、スターツ出版の皆さま。的確なアドバイスと蛍光マーカーで助けてくださったヨダさま。綺麗な紅葉と月の下で開かれている大宴会に、参加したくなるようなカバーイラストを描いてくださったｎｅｙａｇｉさま。シリーズを通して素敵なデザインに仕上げてくださった徳重さま。伊勢のことを動画や写真でいっぱい教えてくれた伊勢生まれ伊勢育ちの友人なっちゃん。締め切り前にパソコンを抱えて行くと、快くコンセントを貸してくださった行きつけカフェの店員さん。そして、この本を手に取ってくださった皆さま。たくさんの方に支えていただいたこと、心より感謝申し上げます。本当にありがとうございます。

また、どこかでお目にかかれますように。

二〇一九年九月　梨木れいあ

この物語はフィクションです。実在の人物、団体等とは一切関係がありません。

梨木れいあ先生へのファンレターのあて先
〒104-0031　東京都中央区京橋1-3-1　八重洲口大栄ビル7F
スターツ出版（株）書籍編集部 気付
梨木れいあ先生

神様の居酒屋お伊勢～〆はアオサの味噌汁で～

2019年9月28日　初版第１刷発行

著　者　　梨木れいあ　

発 行 人　　菊地修一
デザイン　　カバー　徳重 甫＋ベイブリッジ・スタジオ
　　　　　　フォーマット　西村弘美
編　　集　　後藤聖月
　　　　　　ヨダヒロコ（六識）
発 行 所　　スターツ出版株式会社
　　　　　　〒104-0031
　　　　　　東京都中央区京橋1-3-1　八重洲口大栄ビル7F
　　　　　　出版マーケティンググループ　TEL 03-6202-0386
　　　　　　（ご注文等に関するお問い合わせ）
　　　　　　URL　https://starts-pub.jp/
印 刷 所　　大日本印刷株式会社

Printed in Japan

ISBN　978-4-8137-0758-5　C0193

ISBN978-4-8137-0484-3

この1冊が、わたしを変える。

スターツ出版文庫　好評発売中!!

神様の居酒屋お伊勢

花よりおでんの宴会日和

梨《なし》木《き》れいあ／著

定価：本体540円+税

人気作 第3弾

神様たちもホロ酔う春の夜に さまざまな恋情も桜咲く…!?

伊勢神宮の一大行事“神嘗祭《かんなめさい》”のため、昼営業をはじめた『居酒屋お伊勢』。

毎晩大忙しの神様たちが息つく昼間、店には普段は見かけない“夜の神”がやってくる。ミステリアスな雰囲気をまとう超美形のその神様は、かなり癖アリな性格。しかも松之助とも親密そう…。あやしい雰囲気に莉子は気が気じゃなくて——。喧嘩ばかりの神様夫婦に、人の恋路が大好きな神様、個性的な新顔もたくさん登場！大人気シリーズ待望の第3弾！莉子と松之助の関係にも進展あり!?

ISBN978-4-8137-0669-4

イラスト／neyagi

スターツ出版文庫　好評発売中!!

『満月の夜に君を見つける』　冬野夜空《ふゆのよぞら》・著

家族を失い、人と関わらず生きる高1の僕は、モノクロの絵ばかりを描く日々。そこへ不思議な雰囲気を纏った美少女・水無瀬月《ゆえ》が現れる。絵を前に静かに微笑む姿に、僕は次第に惹かれていく。しかし彼女の視界からはすべての色が失われ、さらに“幸せになればなるほど死に近づく”という運命を背負っていた。「君を失いたくない―」彼女の世界を再び輝かせるため、僕はある行動に出ることに…。満月の夜の切なすぎるラストに、心打たれる感動作！

ISBN978-4-8137-0742-4 ／ 定価：本体600円＋税

『明日死ぬ僕と100年後の君』　夏木《なつき》エル・著

やりたいことがない“無気力女子高生”いくる。ある日、課題をやらなかった罰として1カ月ボランティア部に入部することに。そこで部長・有馬と出会う。『聖人』と呼ばれ、精一杯人に尽くす彼とは対立ばかりのいくるだったが、ある日、有馬の秘密を知り…。「僕は、人の命を食べて生きている」――1日1日を必死に生きる有馬と、1日も早く死にたいいくる。正反対のふたりが最後に見つける“生きる意味”とは…？魂の叫びに心揺さぶられる感動作!!

ISBN978-4-8137-0740-0 ／ 定価：本体590円＋税

『週末カフェで猫とハーブティーを』　編乃《あみの》 肌《はだ》・著

彼氏に浮気され、上司にいびられ、心も体もヘトヘトのOL・早苗。ある日の仕事帰り、不思議な猫に連れられた先には、立派な洋館に緑生い茂る庭、そしてイケメン店長・要がいる週末限定のカフェがあった！一人ひとりに合わせたハーブティーと、聞き上手な要との時間に心も体も癒される早苗。でも、要には意外過ぎる裏の顔があって…!?「早苗さんは、特別なお客様です」――日々に疲れたOLと、ゆるふわ店長のときめく（？）週末の、はじまりはじまり。

ISBN978-4-8137-0741-7 ／ 定価：本体570円＋税

『こころ食堂のおもいで御飯～仲直りの変わり親子丼～』　栗栖《くりす》ひよ子《こ》・著

“あなたが心から食べたいものはなんですか？”――味オンチと彼氏に振られ、内定先の倒産と不幸続きの大学生・結。彼女がたどり着いたのは「おまかせで」と注文すると、望み通りのメニューを提供してくれる『こころ食堂』。店主の一心が作る懐かしい味に心を解かれ、結は食欲を取り戻す。不器用で優しい店主と、お節介な商店街メンバーに囲まれて、結はここで働きたいと思うようになり…。

ISBN978-4-8137-0739-4 ／ 定価：本体610円＋税

スターツ出版文庫　好評発売中!!

『ラストは絶対、想定外。～スターツ出版文庫 7つのアンソロジー②～』

その結末にあなたは耐えられるか…⁉「どんでん返し」をテーマに人気作家７名が書き下ろし！スターツ出版文庫発のアンソロジー、第二弾。寂しげなクラスの女子に恋する主人公。彼だけが知らない秘密とは…(『もう一度、転入生』いぬじゅん・著)、愛情の薄い家庭で育った女子が、ある日突然たまごを産んで大パニック！(『たまご』櫻井千姫・著)ほか、手に汗握る７編を収録。恋愛、青春、ミステリー。今年一番の衝撃短編、ここに集結！

ISBN978-4-8137-0723-3 ／ 定価：本体590円＋税

『ひだまりに花の咲く』　沖田《おきた》円《えん》・著

高２の奏《かなで》は小学生の頃観た舞台に憧れつつ、人前が極端に苦手。ある日誘われた演劇部の部室で、３年に１度だけ上演される脚本を何気なく音読すると、脚本担当の一維《かずい》に「主役は奏」と突然抜擢される。“やりたいかどうか。それが全て”まっすぐ奏を見つめ励ます一維を前に、奏は舞台に立つことを決意。さらに脚本の完成に苦しむ一維のため、彼女はある行動に出て…。そして本番、幕が上がる——。仲間たちと辿り着いた感動のラストは心に確かな希望を灯してくれる‼

ISBN978-4-8137-0722-6 ／ 定価：本体570円＋税

『京都花街　神様の御朱印帳』　浅海《あさみ》ユウ・著

父の再婚で家に居場所をなくし、大学進学を機に京都へやってきた文香。ある日、神社で１冊の御朱印帳を拾った文香は、神だと名乗る男につきまとわれ…。「私の気持ちを届けてほしい」それは、神様の想いを綴った“手紙”だという。古事記マニアの飛鳥井先輩とともに届けに行く文香だったが、クセの強い神様相手は一筋縄ではいかなくて⁉　人が手紙に気持ちを託すように、神様にも伝えたい想いがある。口下手な神様に代わって、大切な想い、届けます！

ISBN978-4-8137-0721-9 ／ 定価：本体550円＋税

『星降り温泉郷　あやかし旅館の新米仲居はじめました。』　遠藤《えんどう》遼《りょう》・著

幼い頃から“あやかし”を見る能力を持つ大学４年生の静姫《しずき》は卒業間近になるも就職先が決まらない。絶望のなか教授の薦めで、求人中の「いざなぎ旅館」を訪れるが、なんとそこは“あやかし”や“神さま”が宿泊するワケアリ旅館だった！　驚きのあまり、旅館の大事な皿を割って、静姫は一千万円の借金を背負うことに⁉　半ば強制的に仲居として就職した静姫は、半妖の教育係・葉室《はむろ》先輩と次々と怪異に巻き込まれてゆき…。個性豊かな面々が織りなす、笑って泣けるあやかし譚！

ISBN978-4-8137-0720-2 ／ 定価：本体610円＋税

書店店頭にご希望の本がない場合は、書店にてご注文いただけます。